Leaf by Niggle

尼格尔的树叶

托尔金奇幻故事集

[英] J. R. R. 托尔金 ——著

J. R. R. Tolkien

刘勇军 ——译

四川文艺出版社

果麦文化 出品

《罗弗变成玩具开始冒险的房子》
house where Rover began his adventures as a toy

(《罗弗兰登》插图之一　J.R.R.托尔金 绘)

《月球景观》
Lunar landscape

(《罗弗兰登》插图之二 J.R.R. 托尔金 绘)

《月亮塔》

The moon-tower

(《罗弗兰登》插图之三　J.R.R. 托尔金 绘)

《白龙追赶罗弗兰登和月狗》
The White Dragon pursues Roverandom and the moon-dog

(《罗弗兰登》插图之四　J.R.R.托尔金 绘)

《人鱼国王宫殿的花园》
The Gardens of the Merking's palace

(《罗弗兰登》插图之五 J.R.R.托尔金 绘)

仙境是一片危险的领域，粗心的人会掉进陷阱，冒失的人则会落入地牢……仙境故事的世界是个深不可测的地方，千奇百怪，无所不有：可以找到各种各样的走兽和飞鸟，大海无边无际，繁星数也数不清。那里美轮美奂，叫人着迷，却无时无刻不充斥着危险。在那里，欢乐和悲伤并存，都像剑一样锋利。有人可能会因为自己游历过那个世界而自觉幸运，但那里变幻莫测，怪诞无稽，让行走在其中的人想讲述自己的经历却不知该从何处启齿。在那个世界里，他们若问太多的问题，只会把自己置于险恶的处境，那么，大门就将关闭，钥匙也会丢失。

——J.R.R. 托尔金

目录

罗弗兰登	1
哈姆村农夫贾尔斯	83
汤姆·邦巴迪尔历险记	143
大伍屯的铁匠	219
尼格尔的树叶	251

罗
弗
兰
登

Roverandom

第一章

从前有一只小狗叫罗弗。他个子小小的，年纪很小，否则他会聪明得多。有一天，阳光灿烂，他乐颠颠地在花园里玩一个黄色的球，要是他没玩就好了，那就什么都不会发生了。

并不是每一个穿着破烂裤子的老人都是坏人，有些是捡破烂的，他们也养小狗；有些是园丁；还有些是巫师，这样的巫师非常少，他们在假期里四处游荡，想找点儿事做。而现在出现在我们这个故事里的老头就是这样一个巫师。他穿着一件破破烂烂的旧外套，嘴里叼着一只旧烟斗，头上戴着一顶绿色的旧帽子，沿着花园里的小路溜达了过来。要不是罗弗只顾着对球狂叫，他说不定能注意到那人的绿帽子后面插着一根蓝色的羽毛，那么，他就会怀疑这个人是个巫师，其他聪明的小狗都能做到这一点。可惜他根本就没看到那根羽毛。

老人弯腰捡起了球，他想把它变成一个橘子，甚至一块骨头或一块肉，好给罗弗吃。就在这个时候，罗弗发出了低沉的咆

哮,说道:

"放下!"他甚至都没说"请"。

老头是个巫师,自然听得懂狗的语言,他回答道:

"安静,傻瓜!"他也没说"请"。

说罢,为了逗小狗玩,他把球放进口袋里,转身便要走。我很遗憾地说,罗弗一下子就咬住了他的裤子,还撕下了一大块布料。也许他还咬掉了巫师的一块肉。总之,老人突然转过身来,那样子气极了,大声喊道:

"白痴!去当个玩具吧!"

他话音刚落,最奇怪的事就发生了。这一刻,罗弗还是一条小狗,可突然之间,他觉得自己变小了很多。草叶似乎高得吓人,在他的头顶上方晃来晃去。在很远之处,就像太阳从树林里升起一样,他透过草叶的间隙看见了那个巨大的黄球,正是巫师把它扔在了那里。老人走出去后,他听到大门咔嗒一声关上了,但他看不见老人。他张开嘴叫了两声,但他的声音太微弱了,一般人压根儿听不见。就算有条狗在,也注意不到。

罗弗变得太小了,我敢肯定,要是当时有只猫经过,一定会以为罗弗是一只老鼠,正好拿来填饱肚子。廷克准会这么做。廷克是一只大黑猫,也住在这个家里。

罗弗一想到廷克,就吓得魂儿都飞了。但是,猫的事很快就被他抛到脑后了。他周围的花园突然消失了,罗弗感觉自己飞了起来,却不清楚自己被吹去了哪里。等风停了,他发现自己身处黑暗中,靠着许多坚硬的东西躺着。凭感觉,他是躺在一个闷热的箱子里,他在里面躺了好长一段时间,很不舒服。他没有吃的，也没有喝的，但最糟糕的是，他发现自己动不了。起初，他以为这是因为周围的东西太挤了，但后来他才弄清楚，在白天，他几乎不能动，每次动都要费很大的力气，而且只能在没人注意的时候。只有在午夜过后，他才能走路、摇尾巴，但身体还是有点儿僵硬。他居然变成了一个玩具。就因为他对那个巫师有点儿没礼貌，现在他不得不整天坐得笔直，摆出乞求的姿势。他就这样被定住了。

在黑暗中度过了很长一段时间后，他又试着大声叫，盼着能有人听见。他还想去咬箱子里的其他东西，咬那些愚蠢的小玩具动物。那些都是真正的玩具，用木头或铅做成，不是像罗弗这样被施了魔法的真狗。可惜这并没有任何帮助，他既叫不出来，也不能张嘴咬。

突然有人走过来打开了箱盖，光线顿时倾泻了进来。

"今天早上我们最好在橱窗里放几个这样的动物玩具，哈利。"一个声音说，接着一只手伸进了箱子。"怎么会有这个？"那声音说，同时，那只手抓住了罗弗，"我不记得以前见过这个。我敢肯定，三便士玩具箱里可没有这种东西。你见过这么真的玩具吗？看看这皮毛，再看看这双眼睛！"

"那就标价六便士。"哈利说，"放在橱窗的前面好了！"

整个上午和下午，可怜的小罗弗都顶着烈日，在窗前一直坐到吃茶点的时间。在这期间，他只能坐着，摆出一副乞求的姿势，不过他内心深处已经怒意翻涌了。

"一旦有人想买下我，我就逃。"他对其他玩具说，"我可是真狗，不是玩具，也绝不会当玩具！但我又希望有人能快点儿来买下我。我讨厌这家店，这么挤在橱窗里，连动都动不了。"

"你为什么要动呢？"其他玩具问，"我们就不动。站着不动，什么都不想，多舒服啊！休息得越久，就活得越久。所以你还是闭嘴吧！你叭叭地说个不停，吵得我们都睡不着了，我们当中有的最后会沦落到简陋的育儿室里，到时候日子可就不好过了。"

他们不再言语，所以可怜的罗弗连个说话的人都没有，他难过极了，又后悔得紧，早知道当初就不咬巫师的裤子了。

至于是不是巫师派了一个女人把小狗从店里买走，我就说不清了。总之，就在罗弗难过到了极点的时候，这个女人提着一个购物篮走进了商店。她看到了橱窗里的罗弗，心想这只小狗真可爱，可以送给她的儿子。她有三个儿子，其中一个特别喜欢小狗，尤其是黑白相间的小狗。于是她买下了罗弗，把他用纸包起来，挨着她买的茶点放在篮子里。

罗弗扭啊扭，很快就把脑袋从纸里挤了出来。他闻到了蛋糕的香气，却怎么也够不到蛋糕。就在纸袋中间，他发出了小玩具般的咆哮。只有虾们听到了，他们问他出了什么事。他讲了自己所有的遭遇，希望他们会为他感到难过，可他们只是说：

"你想要用什么样的方式被煮熟？你被煮过吗？"

"没有！在我的记忆里，我从来没有被煮过。"罗弗说，"不过倒是有人给我洗过澡，那滋味很不好受。不过，依我看，煮熟就煮熟，总比中了魔法强。"

"那么你肯定没有被煮过。"他们回答道，"你什么也不清楚。

这对任何人来说都是最糟糕的事。想到这件事,我们就气得浑身通红。"

罗弗不喜欢虾,便说:"没关系,他们很快就会把你们吃掉的,我却还得坐在那里看着他们!"

在那之后,虾们再也没有对他说什么,他只好躺在那里,猜想买他的是什么样的人。

答案很快就出来了。他被带到了一所房子里,篮子被放在桌上,里面所有的袋子都被拿了出去。虾被拿到了食品柜,罗弗则被直接交给了那个最喜欢小狗的小男孩,小男孩把他带进了育儿室,和他说话。

如果不是因为太生气而听不进小男孩说的话,那么罗弗应该会很喜欢他。小男孩用自己能说的最好的狗语(他很擅长)朝他叫,但罗弗从来没有试着回应。他一直在想自己说过的话,那就是只要有人把他买走,他就立即逃跑,可惜他不知道怎么才能办到。他只能一直坐直身体,摆出乞求的姿势,而小男孩则轻轻地拍着他,推着他在桌上和地板上来回移动。

终于到了晚上,小男孩上床睡觉了。罗弗被放在床边的椅子上,摆出乞求的姿势,就这样一直待到天色变得墨黑。百叶窗被放了下来,但在外面,月亮从海里升起来了,月光在水面上形成了一条银色的小路,只要沿着这条路一直走,就能去往世界的边缘和更远的地方。这一家的父亲、母亲和三个小男孩住在海边的一所白房子里,房子正对着一望无际的滚滚波涛。

等小男孩们都睡着了,罗弗赶紧伸展了一下疲惫僵硬的腿,还轻轻地吠叫了一声,可除了挂在上方角落里的一只邪恶的蜘蛛,谁也没听到。罗弗从椅子上跳到床上,又从床上滚到了地毯上。他就这么一路跑出了房间,冲下楼梯,满屋子跑个不停。

他很高兴自己又能活动了,又变回了一只可能还有生命的真狗,在晚上能跑能跳,比大多数玩具都灵活得多,可他却发现四处走动太难,也太危险了。他现在个头太小,下楼梯简直就跟从城墙上往下跳差不多,再上楼更要费很大力气,能把他累死。但他无论做什么都没有用。他发现所有的门都关着,当然还上了锁,连裂缝或洞都没有,他休想爬出去。就这样,可怜的罗弗那天晚上是跑不掉了,到了第二天早上,人们看到一只非常疲倦的小狗直直地坐在椅子上,摆出一副乞求的姿势,与之前人们留他所在的位置一模一样。

天气好的时候,两个年纪大一点儿的男孩常常在起床后,去沙滩上疯跑一会儿,才回来吃早饭。那天早上,他们一觉醒来便拉开了百叶窗,只见太阳从海面升腾而起,红彤彤的,周围还飘着朵朵白云,好像太阳刚洗了个冷水澡,正在用毛巾擦干身子。他们麻利地起床穿好衣服,下了山崖去海岸散步。罗弗也去了。

这家的二儿子(罗弗的小主人)刚要走出卧室,一眼就看见了罗弗。他刚才穿衣服时顺手把罗弗放在了五斗橱上,此时他还在那里。"他在求情,也想要出去!"他说着,把罗弗放进了裤子口袋里。

可罗弗并没有乞求出去,当然也不想被人揣在裤兜里出去。他想休息一下,准备夜里再次行动。他觉得这次他也许可以找到路逃出去,一直流浪,最终一定可以回到家,回到他的花园,再在草坪上玩黄球。他有一个想法,只要他能回到草坪上,一切就会好起来:到时候魔法也许就会失效,又或者,他自己能醒过来,发现这一切不过是一场梦。所以,当小男孩们沿着小径走下山崖,在沙滩上飞奔时,他试图在口袋里吠叫,又是挣扎,又是扭动。他在暗处,谁也看不见他,他却只能移动一点点。但他还是做了他所能做到的一切,运气也站在了他这边。口袋里有一块手绢,皱巴巴地团在一起,所以罗弗并没有陷入口袋深处。就这样,由于他一直在扭动,再加上主人一直在狂奔,不久后,他成功地将鼻子探出口袋,嗅了嗅四周。

不管是闻到的气味,还是看到的景象,都令他大吃一惊。他以前没有见过大海,也没有闻到过大海的味道。他出生的那个村庄离大海很远,海洋的气味根本飘不过去。

正当他探出身子时,一只灰白色的大鸟突然从孩子们的头顶掠过,发出的声音活像一只长了翅膀的大猫。罗弗吓了一跳,登时就从口袋里掉到了柔软的沙滩上,但没人听到他掉了出来。那只大鸟盘旋了一会儿便飞走了,根本没有注意到罗弗发出的那么轻的叫声,小男孩们在沙滩上走啊走啊,也压根儿没有想到他。

起初罗弗还有些得意。

"我逃掉了!我逃掉了!"他叫道,可这种玩具般的吠叫声只有其他玩具能听到,而附近并没有玩具在听。他翻了个身,躺在干净干燥的沙滩上,在星光下晾了一整夜的沙子仍然非常凉爽。

但是，小男孩们在回家的路上并没有注意到他，就这样，他被独自丢在了空荡荡的海岸上，这下子他可高兴不起来了。海岸上连个人影都看不见，只有大群的海鸥在飞来飞去。除了它们的爪子在沙滩上留下的脚印外，唯一能看到的便是小男孩的脚印了。那天早上，他们去的是海滩上一个非常偏僻的地方，以前也没去过几次。那里确实人迹罕至。因为尽管在灰色山崖下方的那个小海湾里，沙滩是金黄色的，非常干净，鹅卵石白白的，蔚蓝的海面上泛着银色的泡沫，但除了清晨太阳刚刚升起的时候，整个地方都弥漫着一种怪异的氛围，人们说有奇怪的东西会去那里，有时还是在下午。到了晚上，这个地方到处都是男男女女的人鱼，更不用说那些小海妖了，他们骑着小海马，抓着绿海藻做成的缆绳，一直来到悬崖边，他们上岸后，会把海马留在水边的泡沫里。

小海湾之所以透着怪异，原因很简单：最古老的沙法师住在那里，用海中居民那一张口就喷水的语言说来，他们管这些沙法师叫"普萨玛提斯特斯"。小海湾里的沙法师名叫普萨玛索斯·普萨玛提德斯，至少他自己是这么说的。其实就连他说自己的名字时要把音发准，也很费劲。他是个聪明的老人，各种各样的怪咖都来找他。他也是一位优秀的魔法师，虽然表面看来脾气暴躁，但为人非常和善（前提是对方也是好人）。每次他举办午夜派对，人鱼族常常都会对他的笑话念念不忘，要笑上好几个礼拜。但要在白天找到他并不容易。阳光灿烂的时候，他喜欢把自己埋在温暖的沙子下面，只把长耳朵的耳朵尖露在外面。即使他的两只耳朵都露出来，大多数像你我这样的人也只会把他们当作树枝。

老普萨玛索斯很有可能对罗弗的底细知道得一清二楚。他当然认识那个给罗弗施魔法的老巫师。毕竟魔法师和巫师统共没有几个，还住得很远。他们互相了解，也密切注视着彼此的一举一动，在私下里并不总是好朋友。不管怎么说，此时，罗弗正躺在松软的沙滩上，不光觉得非常孤独，还感觉到周遭弥漫着古怪的氛围，而普萨玛索斯就在那里，罗弗却没有看到他。原来，他正从美人鱼昨晚盖在他身上的一堆沙子下面窥视着罗弗。

但沙法师什么也没说。罗弗也一言不发。早餐时间过去了，太阳升到了高处，天气热了起来。罗弗望着大海，听声音，感觉大海很凉爽。接着，他吓得一激灵。起初，他以为是沙子进了眼睛，但很快就反应过来：海水越来越近，吞没了越来越多的沙滩。海浪越来越大，泡沫也多了起来。

是涨潮了，而罗弗还躺在高水位线下方，但他对此一无所知。他看着眼前的景象，心里越来越害怕，想象着飞溅的海浪直冲到悬崖上，把他卷进白沫四溅的大海（比冒着肥皂泡的浴缸可怕得多了），可他还是只能摆出那副乞求的姿势，什么也做不了。

他确实可能陷入这种险境，但事实上，这并没有发生。我敢说，这事跟普萨玛索斯有关。我想，是因为距离另一个魔法师的住所太近，导致给罗弗施咒的巫师的咒语在那个奇怪的小海湾里变得不太好使了。就这样，随着海水逐渐逼近，罗弗被吓得魂不附体，使出浑身的力气想从沙滩上滚开一点儿，就在这时，他突然发现自己能动了。

他的大小没有改变,却不再是玩具了。现在仍是白天,他的腿却非常灵活,能走得非常快。他不再需要乞求,可以在比较硬的沙滩上飞奔。他还能叫,不过发出来的不是玩具般的叫声,而是与他作为一只宠物狗的身材相适应的、真正的尖厉叫声。他高兴极了,发出的叫声那么响亮,如果你也在场,一定可以听到他的叫声,既清晰又好像非常遥远,就像一只牧羊犬在山上随风飘动的回声。

这时,沙法师突然从沙中探出头来。他长得奇丑无比,身材高大得如同一条大狗。但在罗弗看来,这位魔法师面目狰狞,活像个妖怪。罗弗立刻停止吠叫,坐了下来。

"小狗,你在吵什么?"普萨玛索斯说,"我睡得正香呢!"

事实上,他把所有时间都用来睡觉了,除非能碰到什么让他开心的事,比如美人鱼(在他的邀请下)在海湾里跳舞。在这种情况下,他就会从沙子里出来,坐在一块石头上欣赏那些有意思的场面。美人鱼在水中确实非常优雅,但在普萨玛索斯眼里,她们甩着尾巴在岸上跳舞的样子很是滑稽。

"我睡得正香呢!"见罗弗没有回答,他又说了一遍。罗弗依然什么也没说,只是抱歉地摇了摇尾巴。

"你知道我是谁吗?"他问,"我是普萨玛索斯·普萨玛提德斯,所有普萨玛提斯特斯的首领!"他非常自豪地说了好几次,把每个字都念了出来,每说一个"普"字,鼻子里都会喷出一团沙子。

罗弗差点儿被他喷出的沙子埋起来,他坐在那里,看样子吓坏了,又很不开心,这使得沙法师很同情他。就这样,他突然敛

去了凶狠的表情,放声大笑起来:

"你这条小狗真有趣,小狗!我真不记得曾见过你这样小的狗,小狗!"

说罢,他又笑了,笑完神情又突然变得严肃起来。

"你最近有没有和巫师吵过架?"他用很轻的声音问道。他闭上一只眼睛,另一只眼睛则露出了极为友好的眼神,仿佛他什么都知道,于是罗弗把自己的遭遇全都告诉了他。其实可能没这个必要,毕竟我告诉过你们,普萨玛索斯很可能事先就知道了。尽管如此,罗弗还是感觉好多了,因为这个人看起来很懂他的处境,而且比玩具聪明得多。

"那么真是个巫师了。"罗弗讲完故事后,法师说,"听你的描述,我估摸这个人就是老阿尔塔薛西斯。他是从波斯来的。有一天他迷了路,就像最好的巫师有时也会迷路一样(除非他们像我一样总是待在家里),他在路上遇到的第一个人给他指了一条去海岸的路。从那以后,除了假日,他一直住在那个地方。他们说,对于一个老人而言,他摘起李子来可谓身手敏捷,毕竟他就快两千岁了。他还非常喜欢苹果酒。但这无关紧要。"普萨玛索斯的意思是自己跑题了,"关键在于,我能为你做些什么?"

"我不知道。"罗弗说。

"那你想回家吗?恐怕我不能把你恢复到原本的大小,至少事先必须征得阿尔塔薛西斯的同意,现在我可不想与他撕破脸。但我想我可以冒险送你回家。毕竟,只要阿尔塔薛西斯愿意,他随时都可以送你回来。当然,如果他真生气的话,下次很可能把你送到比玩具店更糟糕的地方去。"

罗弗听他这么说，一点儿也高兴不起来，于是他大胆地说，他这么小，就算回了家，除了猫咪廷克，谁也认不出他来。而就他目前的状态，他可不太愿意被廷克认出来。

"好吧！"普萨玛索斯说，"我们得想想别的办法了。与此同时，既然你变回了真狗，那你想吃点儿什么吗？"

罗弗还没来得及说"是的，拜托了！是的！拜托了！"，面前的沙滩上就出现了一个小盘子，里面装着面包和肉汁，两根大小正合适的小骨头，还有一小碗水，上面用蓝色的小字写着"给小狗喝"。他吃饱喝足，问道："你是怎么做到的？……谢谢！"

这句"谢谢"是他突然想起要加上的，因为巫师这类人似乎都比较敏感，动不动就生气。普萨玛索斯只是微微一笑。于是罗弗躺在滚烫的沙滩上睡着了，他梦见了骨头，梦见自己追着很多只猫爬上了李子树，却看到他们变成了戴着绿帽子的巫师，用西葫芦一样大的李子丢他。微风徐徐，卷着沙子，几乎盖住了他的脑袋。

就这样，尽管第二天男孩一发现罗弗丢了，便和哥哥专门去海湾找他，却一无所获。这次是父亲陪他们一起去的。他们找了许久，后来太阳开始西斜，茶点时间到了，父亲便带着儿子们回了家，他不想继续停留，毕竟他很清楚这个地方发生过太多的怪事。在那之后的一段时间里，男孩只能玩一只普通的三便士玩具狗（从同一家商店买来的）。"乞求小狗"虽然只陪了他很短的一段时间，他却始终对他念念不忘。

然而，此刻，你可以想象他坐在那里吃着茶点，身边并没有玩具狗陪伴，心里难过极了。而在遥远的内陆，一个老妇人正在写寻狗启事。在罗弗还是一只正常大小的普通小狗时,她一直养着他,并对他宠爱有加。她是这么写的:"通体雪白,耳朵是黑的。叫他的名字'罗弗',他会回应。"而在同一时间,罗弗独自在沙滩上睡着了,普萨玛索斯在旁边也进入了梦乡,两只短短的手臂交叉放在肥肥的肚子上。

第二章

罗弗醒来时,太阳已经很低了。悬崖的影子遮住了沙滩,普萨玛索斯不见了踪影。一只大海鸥站在旁边看着他,有那么一刻,罗弗真担心自己会成为海鸥的点心。

但是海鸥开口说话了:"晚上好!我在这里等了半天,你才醒过来。普萨玛索斯说你会在下午茶的时间醒来,但现在已经过去很久了。"

"请问,你等我有什么事吗,鸟先生?"罗弗很有礼貌地问。

"我叫米欧。"海鸥说,"我在等月亮升起,月亮一出来,我就带你沿着月之径离开。但在那之前我们还有一两件事要做。到我背上来,看看你飞不飞得惯?"

罗弗一开始一点儿也不习惯。米欧贴着地面飞时倒还好,那时他只是平稳地滑行,翅膀硬挺挺地展开,一动也不动。然而,随着他飞入高空,或是猛地转向,每次都向不同的方向倾斜,要不就是突然急速地向下俯冲,像是要一头扎进海里时,小狗能感觉到风在耳边呼啸而过,只盼着自己能平安回到陆地上。

他这样抱怨了好几次,但米欧总是给出相同的回答:"坚持一下!还没开始呢!"

他们这样飞了一会儿,就在罗弗刚刚开始习惯,并且感到有点儿厌倦的时候,米欧突然喊了一声"我们走!"罗弗差一点儿就摔了下去。米欧就像火箭一样,笔直地冲向了高空,然后顺着风极速地飞了起来。很快他们就飞到了高阔的苍穹,罗弗可以看到,在遥远的陆地上方,太阳正落向黑压压的山丘后面。他们朝着巍峨漆黑的山崖飞去,那里山石陡峭,没人能爬得上去。海水不断地冲刷着崖底,崖壁上没有任何植物生长,却覆盖着一层白色的东西,在暮色中显得十分苍白。原来是几百只海鸟落在狭窄的岩架上,时而哀凄地交谈着,时而什么也不说,时而突然从栖息的地方滑下来,在空中俯冲,绕着曲线飞行,然后冲入下方远处的大海,而海浪看起来就像小小的皱纹。

这就是米欧住的地方,他有几个人要见,包括年纪最大、地位最高的黑背鸥,从他们那里收集完消息后才会再度启程。于是他把罗弗放在一个比门阶还要窄得多的岩架上,叫他在那儿等着,千万别掉下去了。

可以肯定的是,罗弗打起了十二万分的小心,不让自己掉下去。一阵阵凛冽的风从侧面吹过来,他一点儿也不喜欢现在这种感觉,只能蜷缩着身体紧贴崖壁,嘴里不断地发出呜咽声。对于一只中了魔法、忧心忡忡的小狗来说,待在这样一个地方,真是糟透了。

终于,阳光彻底从天空中消失,海面上升腾起了一层薄雾,在越来越浓的黑暗中,有星星陆续出现。接着,在遥远的海面上,一轮金色的圆月升到了薄雾上方,开始在水面上洒下一道闪闪发光的路径。

不久之后,米欧回来接罗弗,而他早已哆嗦成了一团。罗弗在寒冷的悬崖岩架上待了那么久,此时在他眼里,米欧身上的羽毛看起来是那么温暖舒适,于是他尽可能地依偎在里面。米欧一跃飞入了高空,将海面远远甩在下方。其他海鸥也都从各自的岩架上飞起来,发出凄厉的叫声,向他们两个道别。月之径从海岸一直向无边无际的黑暗延伸,米欧驮着罗弗,沿着这条路径疾驰。

罗弗压根儿不清楚月之径通向哪里,此时此刻,他又是害怕又是兴奋,根本无法开口询问。不管怎样,对于发生在自己身上的不寻常的事,他都已经见怪不怪了。

他们沿着海面上方的闪闪银光一路飞驰,月亮升得越来越高,越来越白,越来越亮,到最后,再也没有星星敢靠近,就只有一轮圆月独自挂在东方的天空中,闪耀着光华。毫无疑问,米欧是按照普萨玛索斯的吩咐,飞去普萨玛索斯要他去的地方。毫无疑问,普萨玛索斯用魔法给米欧助了力,他甚至比一般的大海鸥飞得更快、更直,甚至在匆忙的时候,还能逆风直飞。然而,在很长一段时间里,罗弗能看到的只有月光和下方的大海,月亮变得越来越大,天气也变得越来越冷。

突然,他看到海边有一个黑乎乎的东西,他们朝它飞去,那东西越来越大,最后他看清了那是一个岛。水面上传来一阵巨大的犬吠声,由各种吠叫声组成,有的高,有的低,有的轻,有的重，有狂吠，有嚎叫，有哀号，有吼叫，有咆哮，有呜咽，有的在窃笑，有的在怒吼，有的含含糊糊，有的呻吟不止，其中最响亮的犬吠声就像食人巨妖后院里一只巨大的猎犬发出来的。罗弗脖子上的毛突然变得非常真实，像鬃毛一样根根竖立。他恨不得立刻下去和那里所有的狗吵一架，直到他突然想起自己太小，根本吵不过。

"那是狗岛。"米欧说，"或者更确切地说，是流浪狗之岛，去岛上的狗不是做过什么好事该得到好报，就是交上了好运。我听说，对狗来说，这是个不错的地方。他们想叫多大声就叫多大声，不会有人叫他们安静，也不会有人朝他们扔东西。每次月亮投下皎洁的月光，他们就一起吠呀叫呀，弄出他们最喜欢的动静，开美妙的音乐会。听说那里还有骨树，果实像多汁的肉骨头，成熟了就会从树上掉下来。不！我们现在不去那儿！你看，你眼下虽然不再是玩具了，却也算不上一条真正的狗。说真的，之前你说不想回家，我估摸就连普萨玛索斯也不知拿你该怎么办。"

"那我们上哪儿去？"罗弗问。在听说了骨树后，他很遗憾不能去狗岛好好逛逛。

"沿着月之径一直向上到世界的边缘，再越过边缘，到月亮上去。反正老普萨玛索斯就是这么说的。"

罗弗一点儿也不喜欢翻越世界的边缘，况且月亮看上去怪冷的。"去月亮上做什么？"他问，"我在地上还有很多没去过的地方呢。我从来没听说过月亮上有骨头，甚至也没听说过有狗。"

"至少有一条狗，是月仙养的。月仙是个体面正派的老人，还是最伟大的魔法师,所以月亮上肯定有给狗吃的骨头,说不定还有给客人的食物。至于为什么要把你送到那里去,我敢说,你很快就会知道的,但前提是你要保持头脑清醒,不要浪费时间怨天怨地,在我看来,普萨玛索斯肯为你操心,就说明他是个大好人。其实我并不明白他为什么要这么做。没有充分的理由就去做一件事,一点儿也不像他的作风,而你看起来并不值得他费这个心神。"

"谢谢你。"罗弗说,他的心情沮丧到了极点,"这些巫师肯为我操心,我肯定他们确实都是大好人,只是这样的事太烦人了。一旦跟巫师和他们的朋友扯上关系,就永远也不知道接下来会发生什么。"

"你可比任何一只会汪汪叫的小宠物狗都要幸运得多。"米欧说。之后,他们很长时间没有再说话。

月亮变得越来越大、越来越亮,而下面的世界则变得越来越暗、越来越远。突然之间,世界的尽头终于到了,罗弗可以看到星星在下面的黑暗中闪烁。在远处,瀑布从世界的边缘落下,直落入虚空之中,月光洒在白色的水花上。他看得头昏眼花,感到非常不舒服,连忙依偎在米欧的羽毛里,闭上了眼睛,很久都没有睁开。

等他再次睁开眼睛时,月亮表面已经在他们脚下铺展开了,这是一个全新的世界,到处都是白茫茫的,像雪一样闪耀着光芒,广袤的空间里呈现出浅蓝色和绿色,嶙峋的山脉巍然耸立,将长长的影子投在地面上。

米欧向下俯冲,罗弗看到一座高峰,那座山太高了,像是向他们直刺了过来,山顶上矗立着一座白塔。塔身通体雪白,布满了粉红色和淡绿色的线条,闪闪发光,仿佛这座塔是由数百万还带着泡沫、湿漉漉且闪亮的贝壳建造而成的。塔矗立在一片白色的悬崖边上,悬崖白得如同白垩,但在月光的照耀下,却比万里无云的夜晚中的一块玻璃还要明亮。

正如罗弗目力所及,悬崖上并没有路可以下去。不过,现在这已经无关紧要了,因为米欧正在飞快地向下飞去,不久便落在了塔顶上,从这个高度看月亮叫人目眩。相比之下,米欧居住的海边悬崖就显得又低又安全了。

令罗弗大为吃惊的是,就在他们旁边,屋顶上的一扇小门立刻打开了,一个留着银色长胡须的老人探出了头。

"干得不错!"他说,"自从你们飞过了尘世的边缘,我就一直在计时,我估计速度能达到每分钟一千英里。你今天早上太莽撞了!我很高兴你没撞到我的狗。不知道他现在究竟跑到月亮上的什么地方去了?"

他说着拿出一架超长的望远镜,用一只眼睛对准。

"他在那儿!他在那儿呢!"他喊道,"又在追着月光跑了,可恶!下来,阁下!快下来,阁下!"他向空中喊道,还吹了一声长而响亮的口哨。

罗弗抬头望向天空,心想这个怪老头一定是疯了,才会以为自己的狗在天上,对着天吹口哨。但令他吃惊的是,他看到在高塔上方,居然真有一只白色的小狗,长着一对白色的翅膀,在追逐一些看起来像透明蝴蝶的东西。

"罗弗！罗弗！"老人喊道。就在我们认识的小狗罗弗准备从米欧的背上跳起来说"我在这里",而且还没反应过来为什么老人会知道他的名字的时候,就见那只会飞的小狗从天上直接俯冲了下来,落在老人的肩膀上。

他这才明白过来,月仙的狗一定也叫罗弗。他一点儿也不高兴,但没人理睬他,他又坐下,发出低沉的吼叫声。

月仙的狗罗弗有一双很灵敏的耳朵,他立刻跳上塔顶,开始疯狂地吠叫起来。叫完了,他就坐下来咆哮道:"是谁又带了一条狗来?"

"哪里还有别的狗?"月仙问。

"在海鸥的背上,有一条蠢了吧唧的小狗。"月狗说。

罗弗听了这话,自然又跳了起来,扯着嗓子狂吠道:"你才是蠢了吧唧的小狗！谁允许你叫罗弗的?你都不像狗,反倒像猫,像蝙蝠。"从这一点可以看出,他们两个不久后就会成为好朋友。反正小狗们见到陌生的同类,通常都是这样说话的。

"啊,飞去别处玩吧,你们两个！别再吵了！我有话和邮差说。"月仙道。

"来吧,小家伙！"月狗说。罗弗突然想起,即使和小小的月狗比起来,自己也很小。于是他没有放肆,忍住了口出狂言的冲动,只是说:"我倒是愿意,只是我没有翅膀,不会飞。"

"翅膀?"月仙说,"太简单了！那就给你一对翅膀,飞吧！"

米欧笑了,把罗弗从背上甩了出去,他立即滚下了塔顶的边缘！但罗弗只来得及倒吸一口凉气,刚开始想象自己会像石头一样坠落几英里,在下方山谷里的白色岩石上摔得粉身碎骨时,就发现自己居然长出了一对美丽的白色翅膀,上面还分布着黑色的斑点,与他的皮毛很相配。尽管如此,他还是向下坠落了很长一段距离才止住跌势,毕竟他还不习惯使用翅膀。他花了一段时间才真正适应它们,不过不等月仙和米欧聊完,他就已经可以绕着高塔追着月狗跑了。没过一会儿,罗弗便累得够呛,可就在这个时候,月狗俯冲向山顶,落在塔壁脚下的悬崖边缘上,于是罗弗跟了过去,很快,他们便并排坐在一起,舌头耷拉在外面,呼哧呼哧喘着粗气。

"这么说,你是以我的名字取名叫罗弗的?"月狗问。

"不是按照你的名字取的。"我们认识的罗弗说,"我敢肯定,我的女主人给我起名字的时候从来没有听说过你。"

"那也没关系。几千年前,我是第一只叫罗弗的狗。所以,你的名字就是从我的名字来的!罗弗这个名字的意思是漂泊的人,我以前也是到处流浪!来这里前,我从不在任何地方停留,也不属于任何人。当我还是一只小狗的时候,我就一直在逃离,除了逃跑什么也没做过。我跑呀跑呀,这里流浪,那里流浪,后来,在一天早晨,天气好极了,阳光直射进我的眼睛里,我只顾着追一只蝴蝶,结果从世界的边缘跌了下去。

"我可以告诉你,那种感觉实在叫人讨厌!所幸那时月亮正从地球下面经过,有那么一段时间真是太可怕了,我在云层之间下坠,还撞上了流星,就这么跌落到了月亮上。我摔到了一张银色的巨网上,那是巨大的灰蜘蛛在山间织出来的。那只织网的蜘蛛沿着丝线爬过来抓我,要把我放进他存食物的地方慢慢吃,就在这个时候，月仙出现了。

"他拿着望远镜，肯定把月球这边发生的一切都看清楚了。蜘蛛都怕他，只有为他纺出银线和银绳，他才会放过他们。他怀疑他们擅自捕捉他的月光，这是他绝对不允许的事，不过蜘蛛们都假装只以龙蛾和影蝠为食。他在那只蜘蛛存食物的地方找到了月光的翅膀，于是把他变成了一块石头，这对他来说简直易如反掌。他把我抱起来，拍了拍我，说：'你摔得真够严重的！最好给你一对翅膀，这样就不会再出意外了。现在飞去玩吧！不要去追月光，也不要弄死我的白兔！饿了就回家。屋顶上的窗户一般都是开着的！'

"我原以为他是个正派人，可想不到他还有点儿疯疯癫癫。不过你可别误会，我是指在他疯癫这件事上。我可不敢真去伤害他的月光，也不敢动他的兔子。不然的话，他能把你变成任何可怕的东西。现在来说说你为什么会和邮差一起来的吧！"

"邮差？"罗弗说。

"是的，就是米欧呀，他自然是那个老沙法师的邮差。"月狗说。

罗弗刚讲完他的冒险故事，月仙的口哨声就传了过来。他们两个向塔顶飞去。老人坐在那里，双腿悬在壁架外面，手上的动作很快，他拆掉信，随即把信封扔掉。风打着旋儿，把信封卷到天上，米欧连忙飞过去抓住，把它们放回一个小袋子里。

"我刚刚看的信和你有关，我的小狗，罗弗兰登。"他道，"（我叫你罗弗兰登，你就必须叫罗弗兰登。毕竟这里不能有两个罗弗。）我的朋友萨玛索斯出了个主意，我很赞同。（我可不会为了讨他喜欢，就在他名字前面加个可笑的'普'字。）所以你最好在这待一阵儿。我还收到了一封来自阿尔塔薛西斯的信。但愿你知道他是谁。即便你不知道也无所谓，反正他让我把你直接送回去。他知道你跑了，还是萨玛索斯帮了你，他气坏了，可我们也用不着忌惮他，至于你，只要你待在这里，就不必理会他。"

"现在飞去玩吧！不要去追月光，也不要弄死我的白兔！饿了就回家。屋顶上的窗户一般都是开着的！再见！"

他立刻消失在了稀薄的空气中。任何从未去过月亮的人都会告诉你，月球上的空气是多么稀薄。

"好了，再见，罗弗兰登！"米欧说，"但愿你觉得给巫师制造麻烦很有趣。我要先离开一段时间了。千万别把那些白兔弄死了，一切就都会好起来的，而且不管你愿不愿意，你都会安全回家。"

米欧说完便嗖的一声飞走了，快到你连他的身影都看不清！他很快就变成了天空中的一个黑点，接着就消失了。罗弗现在不仅变得和玩具一样小，连名字也被改换了。他孤零零地留在了月球上，只有与月仙和他的狗为伴。

罗弗兰登并不介意。为了避免混淆，我们现在最好也这么称呼他。他的新翅膀很有意思，而且事实证明，月亮也是个很好玩的地方，于是他忘记了要继续思考为什么普萨玛索斯会把他送到这里来。至于其中的原因，他要到很久以后才弄清楚。

在此期间，他在月亮上经历了各种各样的冒险，有时是独自一人，有时是与月狗罗弗一起行动。他不常在离塔很远的空中飞来飞去，因为在月亮上，尤其是在白色的那一面，昆虫不光个头大，还非常凶猛，颜色往往浅到了透明的程度，移动时不会发出任何声响，根本听不到或看不到他们过来。月光只会闪烁，来回飘动，罗弗兰登并不害怕。长着火红眼睛的白色大龙蛾更吓人，还有剑蝇、下颌像钢夹子一样的玻璃甲虫、刺像长矛一样的苍白独角兽，以及五十七种蜘蛛，他们能抓到什么就吃什么。比昆虫更骇人的是影蝙蝠。

罗弗兰登做的事和月亮光亮面的鸟一样：他很少飞，除非在离家近的地方，或是视野开阔的开放空间，远离昆虫的藏身之处。他走起路来非常轻，尤其是在树林里。在那些地方，活物在移动时都很安静，连鸟儿也很少鸣叫。基本上只有植物会发出声响。那里长着各种各样的花儿，白铃花、仙铃花、银铃花、叮铃花和环玫瑰、皇家韵文、小哨子、锡喇叭、奶油角（一种浅奶油色的花），以及其他许多叫不出名来的花，这些花整天发出不同的调子。长着羽毛的草和蕨类植物，比如仙女琴弦、复调音乐、黄铜舌头、林中裂蕨，还有乳白色池塘边的芦苇，一直在发出轻柔的乐声，即使在夜里也是如此。事实上，总是有微弱的音乐在飘扬。

可鸟儿们一声不吭，大多数飞鸟都非常小，在树下灰色的草地上跳来跳去，躲避着飞来飞去的苍蝇和猛扑下来的振翅蝶。许多鸟儿都没有了翅膀，有的即便有翅膀，也不会飞。罗弗兰登悄悄地穿行在苍白的草地上，捕捉小白鼠，或者在树林边缘嗅探灰松鼠，常常把他们吓一跳。

他第一次看到树木的时候，树林里到处都是发出轻柔响声的银铃花。高大的黑色树干笔直地矗立在银色地毯一样的地面上,像教堂一样高,树冠上长满了永不凋零的淡蓝色叶子。因此,即使是地球上最长的望远镜也看不到这些高大的树干或树下的银铃花。到了年末,树上将绽放出淡金色的花朵。月亮上的森林无边无际,这无疑改变了从下面的地球所看到的月亮的样子。

但千万不要以为罗弗兰登时时刻刻都夹着尾巴过日子,毕竟,两条狗都很清楚月仙会保护他们,于是他们一起经历了很多冒险,玩得很开心。有时,他们一块儿溜达到很远很远的地方,好几天都忘了回塔楼。有一两次,他们登上远处的山脉,回过头来,看到月亮塔小得如同远处一根闪亮的针。他们坐在白色的岩石上,看着小绵羊(和月仙的罗弗差不多大)成群地在山坡上游荡。每只羊都戴着一个金铃,羊每向前迈一步去吃一口新鲜的灰草,铃铛就会响一声。铃声齐响,汇聚成美妙的旋律,所有的羊都像雪一样闪闪发光,没有什么东西会让他们感到害怕。两只罗弗都有很好的教养(再加上他们很怕月仙),不会伤害羊群。此外,整个月亮上都没有别的狗,也没有牛、马、狮子、老虎和狼。事实上,月亮上的四条腿动物都比兔子和松鼠(玩具大小)大不了多少,只偶尔能看到一头大白象庄严地站在那里沉思,而白象的体型也就和驴一样大。我并没有提到龙,因为到目前为止,故事中还没有他们出现的情节,况且他们住在远方,离高塔很远。他们都非常害怕月仙,只有一条龙例外,可就连这条龙也轻易不敢惹月仙。

每当两条狗回来,从窗户飞进塔楼,总能发现晚餐已经准备好了,好像他们都把时间算好了一样,但他们很少看到或听到月仙在附近。他在地下室里有一个工作间,常有一团团白色的蒸汽和灰色的雾气从地下室飘到楼上,再从楼上的窗户飘散到外面。

"他整天都在干什么呢?"罗弗兰登问罗弗。

"干什么?"月狗说,"啊,他向来都忙得不可开交。不过自从你来了以后,他似乎更忙了,我从没见过他有这么忙碌的时候。我想他是在造梦吧。"

"造什么梦?"

"啊!为了月亮另一边造梦呢。这边没人做梦。做梦的人都绕到后面去了。"

罗弗兰登坐下来挠痒痒。在他看来,这个解释不清不楚的。月狗没再多说什么。如果你问我的话,我估摸他也就知道这么多。

然而,不久之后就发生了一件事,让罗弗兰登暂时忘记了这些问题。两只狗外出时,经历了一场非常刺激的冒险,每一天都过得精彩无比。可这也是他们犯下的一个错误。他们一连走了好几天,自从罗弗兰登来了以后,他们还从来没有去过这么远的地方,也懒得去想自己到了哪里。事实上,他们走错了路,以为是在往回走,实际上却离塔越来越远。月狗说自己走遍了月亮的光亮面,对那里了如指掌(他很喜欢吹牛),但最后他不得不承认,他们所在的地方看起来有点儿陌生。

"恐怕我很久都没来过这儿了,"他说,"我都记不清了。"

事实上,他从来没有来过这里。他们两个压根儿就没发现自己距离阴暗面的阴影边缘太近了。在那里,各种差不多已被人们忘记的东西徘徊不去，道路和记忆都变得混乱不清。正当他们确信自己终于走上了回家的路时，却惊讶地发现眼前耸立着几座高山，山上光秃秃的，鸦雀无声，看着就很瘆人。月狗也不再假装自己见过这些大山。山是灰色的，而非白色，看起来像是用陈年的冰冷灰烬做成的。大山之间是长而幽暗的山谷，没有一点儿生命的迹象。

后来开始下雪了。月亮上经常下雪，但雪（反正他们说那是雪）很漂亮，很温暖，而且是干的，会变成很细的白沙，被风吹走。可这次下的雪更像是地球上的雪，它又湿又冷，而且还很脏。

"这让我想家了。"月狗说，"这雪真像我小时候住在镇子里时下的雪，你知道的，那是在地球上的事。啊！那里的烟囱像月树一样高大，还冒着黑烟。炉火是红色的！有时我会有点儿厌倦白色。在月亮上想把自己弄脏都难。"

这倒是体现了月狗的低级趣味。几百年前地球上还没有这样的城镇，由此可见，他从地球边缘摔落的时间也被夸大了很多。然而，就在这时，一片特别大又很脏的雪花落进了他的左眼，他马上就改变了主意。

"我看呀，这些东西就是迷失了方向，从那个可恶的旧世界掉了下来。"他说，"臭老鼠，臭兔子！我们好像也彻底迷路了。臭蝙蝠，该死的！我们还是找个洞钻进去待会儿好了！"

他们找了很久才找到一个洞，可在找到前，他们已经全身湿透，冻得瑟瑟发抖了。事实上，他们两个可怜巴巴的，一找到可以躲雪的地方就钻了进去，也没做任何预防措施。而在月亮边缘不熟悉的地方，首先就需要采取预防措施。他们爬进的避难所不是地洞，而是一个山洞，还是一个很大的山洞，里面很黑，却十分干燥。

"这里不错，很暖和。"月狗说着闭上了眼睛，几乎立刻就打起了瞌睡。

"哎哟！"没过多久，他就叫了一声，从美梦中惊醒过来，小狗都是这样的，"太热了！"

他一下子蹦起老高。可以听到小罗弗兰登在洞里更深的地方汪汪叫。于是他走过去看发生了什么事，就见一股很细的火焰向他们的方向烧了过来。这下子，他不再怀念红色的炉火了。他一把抓住小罗弗兰登的后脖颈，闪电般地冲出洞穴，飞上了山洞外的一座石峰。

他们俩坐在雪地里，瑟瑟发抖地看着。这么做实在愚蠢。他们应该拿出比风还快的速度飞回家，去任何地方都可以，就是不要待在这里。正如你所看到的，月狗并不是对月亮上的一切都一清二楚，否则他就会知道这里是大白龙的巢穴。就是这条龙，虽然有点儿怕月仙，却谈不上十成十的恐惧（他要是发起火来，可就一点儿也不怕月仙了）。这条龙也是月仙的心头大患。每次提起这条龙，他都说他是"那个讨厌的家伙"。

你可能知道，所有的白龙最初都来自月亮。但这条白龙去了地球又回来了，因此他是一条非常有经验的龙。在梅林时代，他在龙堡与红龙大打了一架，比较新的历史书里都记载了这次大战。[1]大战结束后,红龙就变得非常红了。后来,大白龙在三岛大肆破坏,还在斯诺登山顶[2]住了一段时间。在那期间,没有人会上那座山。但有个人,当时,他正拿着瓶子喝水,却被龙抓了个正着。他吓得慌里慌张,把瓶子都丢在了山顶,此后,很多人都遇到了和他相同的遭遇。从那之后又过了很久,大白龙飞去了格温法,那时,亚瑟王已经失踪有段时间了,而撒克逊的国王们则把龙尾视为美味佳肴。

格温法离地球边缘不远,从那里飞到月球,对于这样一条坏透了的巨龙来说不过是小事一桩。他现在住在月亮的边缘,毕竟他拿不准月仙的咒语有多厉害,发明的东西有多大的威力。尽管如此,他有时还是胆大包天,竟去扰乱月亮的颜色。有时候,他在享用美味大餐或者发脾气时,就会从巢穴里喷出真正的红色和绿色的火焰,而且,他的巢穴经常都是烟雾缭绕。有一两次,他居然把整个月亮都变成了红色,有时还把月亮弄得暗淡无光。每次遇到这种叫人心里七上八下的情况,月仙就把自己(还有他的狗)关起来,只说一句:"又是那个讨厌的家伙。"他从来没有解释过是什么动物干的,或者这个动物住在哪里。他只是径直走进地窖,拔去他最拿手的咒语的塞子,尽快把月亮恢复成原样。

---

[1] 在亚瑟王传说中,伏提庚王曾因撒克逊人违约起兵而退守威尔士,想要在 Dinas Emrys 修建城堡,但每晚修建城堡的材料都会不翼而飞。大魔法师梅林告诉伏提庚王地下有两条龙,于是,伏提庚王挖开地面,两条龙醒来后大打出手,最后红龙战胜并赶跑了白龙。——编者注(若无特别说明,本书中宋体字注释均为编者注。)
[2] 斯诺登山,英国威尔士北部的一座山,是英格兰和威尔士的最高点。

现在你什么都知道了。要是那两条狗知道得有你一半多，也绝对不会在那里停留了。可他们确实停在了那里，至少在我解释大白龙来历的这段时间里，他们都在那里。到这个时候，白龙的整个身体都从洞里出来了，全白的龙身上长着一对绿色的眼睛，每一个关节都在渗出绿色的火焰，像汽船一样喷着黑烟。他发出了一声恐怖至极的吼叫。群山都随着摇晃起来，回声不断地飘荡，雪都蒸发了。山上的积雪倾泻而下，瀑布也不再流动。

大白龙长着一对翅膀，就像蒸汽船出现前船只使用的风帆一样。从老鼠到皇帝的女儿，他想杀什么就杀什么，从来不会有不屑于杀生的时候。他现在一心想杀死那两条狗。飞上天前，他已经提醒过他们好几遍了。这都是他的错。两条狗像火箭一样从岩石上飞走，乘着风猛飞，速度极快，米欧若是能有这样的速度也会感到骄傲。恶龙在他们后面穷追不舍，像振翼龙一样拍打着翅膀，又像撕咬龙一样张着大嘴撕咬，山尖被他撞得纷纷断裂，所有的羊铃都被震得叮当响，就像城镇着火了一样。（现在你知道为什么羊身上都挂着铃铛了吧。）

幸运的是，两条狗选对了方向，顺风飞行。就在羊铃乱糟糟齐响的时候，一枚巨大的火箭从钟楼上飞了起来。在月亮上的任何地方都能看到那枚火箭，它就像一把金色的伞绽开了千万条银色的流苏，不久之后，它引起了一场意想不到的流星雨，坠落在地球上。如果说这是在给这两条可怜的狗指路，那么对大白龙而言就是一个警告。不过他喷出的烟雾太多了，根本没注意到。

于是这场追逐仍在激烈地进行着。如果你曾见过一只鸟追逐一只蝴蝶，如果你能想象一只巨大的鸟在白色的山脉之间追逐两只小蝴蝶，那么你就可以开始想象这两只狗扭动着身体，左躲右闪，上演了一出九死一生的大逃亡，疯狂地以"之"字形向家的方向冲刺。还没飞过一半的距离，罗弗兰登的尾巴就不止一次地被恶龙的呼吸烤焦了。

那月仙在做什么呢？啊，他发射了一枚特别厉害的火箭。那之后，他念叨着什么"该死的家伙！""这两只淘气的小狗！他们这一搅和，还没到日子呢，月食就来了！"说罢，他走进地窖，拿出一瓶黢黑的咒水，拔掉了瓶塞。那东西看起来像凝固成果冻状的焦油和蜂蜜的混合物（闻起来则像煮烂的卷心菜的味道）。

就在这时，恶龙突然飞到塔的正上方，扬起一只巨大的爪子就朝罗弗兰登拍了过去。只要这一下能击中，罗弗兰登就会立刻小命不保。可惜他并没有击中。月仙从一个较低的窗口射出咒水，正好命中龙腹（肚子是龙身上最脆弱的地方），将他打得歪向一边。大白龙被打蒙了，还没来得及掉转方向，就一头撞到了山上。很难说他的鼻子和那座山哪一个受损更严重，反正两者都变形了。

两只狗就这样顺利逃进了顶楼的窗户，休整了一个礼拜才缓过神来。恶龙歪歪扭扭地、非常慢地飞回了家，他揉着自己的鼻子，几个月后才把伤养好。下一次月食没有出现，因为大白龙只顾着舔自己的肚子，没空去搞月食。他一直没能弄掉肚子上黑色咒水的痕迹。恐怕那些痕迹永远都不会消退了。现在，人们管大白龙叫黑斑怪龙。

第三章

第二天,月仙看着罗弗兰登,说:"好险!别看你个子小,但已经走遍了月亮的光明面。依我看,等你恢复过来,就可以去另一面探索了。"

"我也能去吗?"月狗问。

"去了对你没好处。"月仙说,"我也不建议你这么做。到时候你看到的东西,可能会让你更怀念小镇里的炉火和烟囱,而这与碰上恶龙一样糟糕。"

月狗没有脸红,也不会脸红,他什么也没说,只是走到角落里坐下,心里纳闷,对于所有发生过的事,以及他们说过的话,月仙到底知道多少。他一时间也拿不准月仙是什么意思,不过这件事并没有困扰他太久,毕竟他是一条无忧无虑的狗。

至于罗弗兰登,等他几天后总算缓过劲儿来时,月仙来了,吹了个口哨示意他跟他一起走。一人一狗一起顺阶而下,走啊走啊,一直向下走到在峭壁上开凿出来的地窖里,地窖里有几扇小窗户，从悬崖的一边可以看到月亮的广阔空间。接着，他们又走下似乎直通山下的神秘台阶，过了好长一段时间，他们来到一个漆黑一片的地方才停下来。他们刚才一直盘旋而下，走了好几英里，罗弗兰登的脑袋此时晕晕乎乎的。

四周黑得伸手不见五指，只有月仙像萤火虫一样，周身散发着淡淡的光亮，而这是他们唯一的光源。不过只要有足够的光能看到门就够了。那扇门很大，开在地面上。老人拉开门，随着门板被向上拉开，黑暗像雾一样从洞口涌了出来，罗弗兰登甚至连月仙发出的微光也看不见了。

"小乖乖，下去吧！"他的声音从黑暗中传来。要是有人告诉你罗弗兰登不乖，说什么也不肯下去，你也不必感到惊讶。他退到小房间最远的角落里，竖起耳朵。比起老人，他更害怕那个洞。

但他这么做一点儿用也没有。月仙一把把他揪起来，丢进了黑洞里。罗弗兰登不停地往下坠呀坠呀，似乎掉进了无底洞，他能听到有人在很远的上方对他大喊："笔直地往下坠吧，然后随风飞翔！在那头等我！"

这句话本应让他感到安慰，但事实并非如此。罗弗兰登后来总是说，他认为，即使从地球的边缘摔下去也不会比这更糟了。不管怎么说，这是他所有冒险经历中最恐怖的一段，时至今日，只要一想起这段经历，他还是觉得反胃。当他趴在壁炉前的地毯上睡觉时，在睡梦中仍在大喊大叫，浑身抽搐，你就可以看出这件事依然对他有很深的影响。

尽管如此，下坠的趋势还是止住了。过了很长一段时间，下坠的速度逐渐慢下来，最后他几乎停了下来。剩下的距离，他只能靠扇动翅膀飞了。这就好像在一个大烟囱里不断地向上飞呀飞呀，好在有一股劲风一直在吹着他前进。等到终于飞到了底端，他高兴极了。

他躺在另一端的洞口，喘着粗气，顺从地等待着月仙的到来，只是心里不免焦急万分。过了好一会儿月仙才出现，罗弗兰登利用这段时间探查了一番，发现自己正处在一个幽深昏暗的谷底，四周环绕着低矮的黑色山丘。黑压压的云层似乎停在山丘顶端不动了，云层之上只有一颗星。

睡意突然来袭，在附近阴暗的灌木丛中，有只鸟正啁啾地叫个不停，那鸟鸣声叫人昏昏欲睡。他早已习惯了月亮另一侧那些不会叫的小鸟，现在这鸟鸣声传入耳朵，他既觉得有些陌生，又觉得很奇妙。他闭上了眼睛。

"醒醒，小狗狗！"一个声音喊道。罗弗兰登跳了起来，正好看到月仙抓着一根银色的绳子，从洞里向外爬，而一只（比他大得多的）灰色的蜘蛛将绳子的另一端系在了附近的一棵树上。

月仙爬了出来。"谢啦！"他对蜘蛛说，"你可以走了！"于是蜘蛛走了，一副看起来很高兴能离开的样子。月亮的黑暗面有很多黑蜘蛛，虽然他们不像光明面的怪物蜘蛛那么大，却含有剧毒。白色的东西啊，浅色的东西啊，光亮的东西啊，他们都讨厌，尤其厌恶浅色的蜘蛛，就好像人们讨厌那些偶尔才来一趟的有钱亲戚。

灰蜘蛛顺着绳子回到了洞里，与此同时，一只黑蜘蛛从树上落了下来。

"嘿！"老人对黑蜘蛛喊道。

"回去！这扇门只有我能走，你可给我记清楚了。你去那边的两棵紫杉上给我编个漂亮的吊床，我就原谅你。"

"在月亮中间爬上爬下还挺耗费时间。"他对罗弗兰登说，"我想着在他们来之前稍微休息一下，这对我是有好处的。他们好是好，就是对着他们太耗费精力了。我当然可以变对翅膀出来，只是翅膀磨损得太快了。看样子只有把洞扩大了，才能容得下带翅膀的我。我攀着绳索爬，也是很厉害的。"

"现在你觉得这边怎么样？"月仙接着说，"四周黑漆漆的，天空却是浅色的，而在另一边，四周是浅色的，天空却是黑漆漆的，嗯？两个地方的差距是挺大的，只是这里真实的色彩并不比那里多多少，不是我所说的真正的色彩——鲜艳而丰富的色彩。你仔细看，就能看到树下有一些闪光，那是萤火虫、钻石甲虫和红宝石飞蛾，诸如此类。不过他们都太小了，跟这边所有明亮的东西一样，都太小了。他们整天担惊受怕的，这里的猫头鹰长得像老鹰，黑得像煤一样，乌鸦长得像秃鹫，多得像麻雀一样，还有那些黑蜘蛛。我个人最不喜欢的是黑丝绒大飞蛾，他们喜欢一起飞，黑压压的，像云一样。他们甚至都不给我让路。我见了他们连一点儿光都不敢发，不然他们会钻进我的胡子里，纠缠着不肯出来。

"不过，这一面还是很有吸引力的，小狗。其中一个吸引人的地方，就是地球上既没有人也没有狗在清醒的时候见过这里，但你除外！"

月仙说罢，突然跳上了黑蜘蛛在他说话的时候为他织出来的吊床，眨眼间就睡着了。

罗弗兰登独自坐在那里看着他，同时也小心翼翼地提防着黑蜘蛛。四周没有一丝风吹过，幽暗的树下闪烁着点点荧光，有红的和绿的，还有金的和蓝的，忽明忽灭，来回飘动。浅色的天空上挂着陌生的星星，星辰下方飘动着缕缕丝绒一般的云。似乎有成千上万只夜莺在另一个山谷里歌唱，微弱的歌声从比较近的山丘的另一边飘过来。接着，罗弗兰登听到了孩子们的说话声，或者说是他们说话的回声随着一阵突如其来的、柔和的微风飘了过来。他坐直身体，叫了一声，这是自从这个故事开始以来，他叫得最响的一次。

"哎呀！"月仙喊道，他彻底清醒了，一下子就从吊床跳到了草地上，还差点儿踩到罗弗兰登的尾巴，"他们到了吗？"

"你说谁？"罗弗兰登问。

"你要是没听到他们的声音，那你一个劲儿地叫什么呢？"老人说，"来吧！走这边。"

他们走在一条长长的灰色小路上，小路两旁都是隐约发光的石头，路上方悬着灌木丛。小路一直延伸，灌木丛逐渐为松树所取代，夜晚的空气中弥漫着松香味。接着，地势开始上升。过了一会儿，他们来到了四周群山最低点的顶端。

罗弗兰登低头望着旁边的山谷，所有的夜莺都停止了歌唱，就像关掉了水龙头一样，孩子们清晰而甜美的声音飘了过来，他们正在唱一首美妙的歌，许多声音融合在一起，形成了一种音乐。

老人和狗一起，时而奔跑，时而蹦跳，就这么下了山坡。哎呀！月仙居然能从一块岩石跳到另一块岩石上！

"来呀，来呀！"他叫道，"我可能是一只长着胡子的公山羊，也可能是野生的，也可能是家养的，可你偏偏抓不住我！"罗弗兰登必须得飞起来才能跟上他。

就这样，他们突然来到了一个陡峭的悬崖前，崖壁并不是很高，却像黑玉一样漆黑发亮。罗弗兰登放眼望去，看到暮色中有一个花园。就在他望着的时候，暮色变成了柔和的光线，好似午后的阳光，不过他看不出这光线是从哪里来的，只能看到光线照亮了整个隐蔽的山谷，而且没有一点儿偏离。花园里有灰色的喷泉和长长的草坪，到处都是孩子，他们当中有的在睡意蒙眬地跳舞，有的在迷迷糊糊地走来走去，还有的在自言自语。有的动了动，好像刚从沉睡中醒来，有的完全醒了，跑呀笑呀。他们在挖土、采花、搭帐篷和房子，在追蝴蝶、踢球、爬树。每个人都在唱歌。

"他们都是从哪儿来的？"罗弗兰登问道。他虽然很高兴，却有些摸不着头脑。

"当然是从家里的床上。"月仙说。

"那他们是怎么来到这里的？"

"我不会告诉你的，你永远也不会知道。你或任何人，无论是通过什么途径来到这里，都算是交了好运。不过孩子们来的方式和你不一样。他们中的一些人经常来，有些人则很少来，大多数的梦都是我造出来的。当然，有些孩子是带着梦来的，就跟带午饭去学校差不多，还有一些（我很遗憾这么说）带来的则是蜘蛛造的梦,但在这个山谷里没有,而且只要被我撞见,就不会让这种事发生。现在让我们去参加派对吧!"

黑玉悬崖陡然向下倾斜。崖面太光滑了,就连蜘蛛也爬不动,也从来都没有蜘蛛敢尝试。因为他们很可能会滑下去,而不管是蜘蛛还是别的什么,只要掉下去,就别想再爬上来。花园中隐藏着哨兵,更不用说还有月仙了,没有月仙的聚会不完整,因为聚会都是月仙举办的。

现在他就这么砰的一声滑进了聚会现场。他是坐着雪橇下去的,伴随着沙沙声,正好滑到一群孩子中间,而罗弗兰登完全忘了自己会飞,一下子就滚到了他的身上。或者说他本想飞来着,可当他在峭壁底部爬起来时,却发现自己的翅膀不见了。

"那只小狗在做什么?"一个小男孩问月仙。罗弗兰登像陀螺一样转啊转,想看看自己的背。

"他在找翅膀,我的孩子。他以为他在坐雪橇下来的途中把翅膀蹭掉了,其实翅膀在我的口袋里呢。这下面是不能用翅膀的,未经许可,谁也不能离开这里,对吗?"

"是的!长须老人!"二十来个孩子同时说,一个男孩抓住老人的胡子,爬到他的肩膀上。罗弗兰登以为他会看到他立马被月仙变成一只飞蛾、一块橡胶,或者别的什么东西。

但月仙只是说:"你真是个攀爬高手,我的孩子!我得给你点儿教训了。"他把男孩抛向空中。可男孩却没有落下来,一点儿也没有。他就这样悬在了空中。月仙从口袋里掏出一根银绳,向他抛了过去。

"快爬下来!"他说。男孩爬进了老人的怀里,老人挠他的痒痒。"你再笑得这么大声，就要醒了。"月仙说着，把他放到草地上，自己走进人群中去了。

罗弗兰登被丢下了，只好自娱自乐。他正要扑向一个漂亮的黄球（他心想："这太像我在家里的那个球了。"），一个他很熟悉的声音响了起来。

"那是我的小狗！"那个声音说，"那是我的小狗！我一直都觉得他是真的小狗。我找了又找，把沙滩都找遍了，每天都在呼唤他，吹口哨喊他，真想不到他居然在这儿！"

罗弗兰登一听到这个声音，就坐直身体，摆出了乞求的姿势。

"我的'乞求小狗'！"男孩说（当然是他）。他跑过去抚摸着他，"你上哪儿去了？"

但是，一开始，罗弗兰登能说的只有一句话："你能听到我在说什么吗？"

"当然能啊。"男孩说，"但是以前妈妈带你回家的时候，你根本就不听我说话，亏得我还用力地对你汪汪叫，和你说话呢。而且我觉得你也没有什么话对我说，你那时候心事重重的。"

罗弗兰登道了歉，还给小男孩讲了一遍自己是怎么从他的口袋里掉出来的。他讲了普萨玛索斯和米欧，还讲了许多他失踪后的冒险经历。就这样，小男孩和他的兄弟们知道了沙滩上的怪人是何许人也，还学到了许多其他有用的东西，若不是罗弗兰登讲了，他们很可能就遗漏掉了。男孩觉得"罗弗兰登"是个好名字。"我也要这样叫。"他说，"别忘了你还是属于我的！"

接着，他们玩起了球，还玩了捉迷藏，一会儿跑，一会儿走，走了很久后又去猎了兔子（当然没有任何收获，毕竟兔子一溜烟地跑没影儿了，可他们玩得很开心）。他们在池塘里戏水，还玩了各种各样的游戏，一个接一个地玩了很久。他们越来越喜欢彼此了。小男孩在满是露水的草地上滚来滚去，四周弥漫着上床睡觉时特有的光（但在那个地方，似乎没有人介意草地是湿的，也没人会上床睡觉），小狗也跟着他滚来滚去，还倒立起来，自从哈伯德妈妈[1]的狗死后，地球上还没有狗能这么做。小男孩咯咯笑个不停，可过了一会儿，他突然消失了，草坪上只剩下了罗弗兰登！

"他醒了。"月仙突然出现，说道，"他回家了，也是时候了。哎呀！现在离他吃早饭只剩下一刻钟了。他今天早上是没法去沙滩上散步了。嗯，好吧！恐怕我们也该走了。"

于是，罗弗兰登很不情愿地跟着老人回到了月亮的光亮面。他们是步行回来的，一路走了很久。罗弗兰登并没有像他应该的那样享受其中。他们看到了各种奇怪的东西，经历了许多冒险，当然，有月仙在，安全不成问题。这确实是件好事，因为沼泽里有很多令人毛骨悚然的爬行动物，若不是月仙，他们一定会立刻将小狗抓走。正如光亮面非常干燥，黑暗面则非常潮湿，到处都是怪异至极的植物和生物，要是罗弗兰登能特别留意他们，我倒是可以给你讲讲。可惜他没有，他满脑子想的都是在花园和小男

---

1 《鹅妈妈童谣》中的女主人翁。——译者注（本书中楷体字注释均为译者注。）

孩玩耍的情形。

终于,他们来到了灰色的边缘,他们的视线越过有许多恶龙居住的火山口,再穿过山间的一条缝隙,望向白色的、辽阔的平原和闪闪发光的悬崖。他们看见地球升起来了,如同一轮淡绿色和金色相间的月亮,又大又圆,挂在月亮山的山肩上。罗弗兰登心想:"我的小男孩就住在那里!"那里看起来真是太远了。

"梦里的事会成真吗?"他问。

"我制造的一些梦倒是能变成真的。"老人说,"有些会,但不是全部。很少有梦能立即变成真的,而且即便成了真,也和梦里的不太一样。你怎么打听起梦来了?"

"好奇而已。"罗弗兰登说。

"你是想起了那个小男孩吧。"月仙说,"我猜到了。"说罢,他从口袋里掏出一架望远镜。望远镜被拉伸后变得很长。"想来看一眼对你也没什么害处。"他说。

罗弗兰登闭上了一只眼睛,睁着另一只眼睛,举着望远镜望去。整个地球清晰地呈现在了他的眼前。首先,他看见月之径的尽头笔直地落在海面上,他好像还看到有长串长串的小人快速地沿月之径而下,不过他不确定自己看得准不准。月光很快就消失了。阳光变得越来越明亮。突然,沙法师的海湾出现了(却不见普萨玛索斯的影子,他也不会允许别人偷窥自己)。过了一会儿,两个小男孩手拉手走在海岸上,进入了望远镜圆形的视野里。"你们是在找贝壳,还是在找我?"罗弗兰登好奇地问。

很快画面切换了,他看到小男孩父亲的白房子坐落在悬崖上,花园一直延伸到海边。在花园门口,他看见了一个令人不快且意外的画面：一个老巫师正坐在石头上抽烟斗，仿佛他没什么事可干，要一辈子坐在那里，那顶破旧的绿帽子戴在他脑后，马甲的扣子也解开了。

"阿尔塔……你叫他什么来着？他在花园门口干什么？"罗弗兰登问，"我本以为他早就把我忘了。他的假期还没结束吗？"

"没有，而且他是在等你，我的小狗。他没有忘记。如果你现在出现在那里，不管是真狗还是玩具，他就会很快给你施上新的魔法。这倒不是说他有多在意自己的裤子，毕竟裤子很快就补好了，他是因为萨玛索斯多管闲事而生气了。萨玛索斯是想要对付他，只是还没做好安排而已。"

就在这时，罗弗兰登看见阿尔塔薛西斯的帽子被风吹掉了，巫师跑过去追。很明显，他的裤子上有一块漂亮的补丁，是橘黄色的，上面还有黑点。

"我还以为巫师能把裤子补得多漂亮呢！"罗弗兰登说。

"但他认为他补得很漂亮！"老人说，"他施魔法，从别人家的窗帘上弄来了一块布料，那家人得到了火灾保险金，而他得到了一块色彩鲜艳的布料，双方都很满意。不过，你是对的。我确信他不如从前了。这么多年过去了，看到一个巫师的法力一日不如一日，真让人难过。但这对你来说却是件大好事。"月仙啪的一声关上了望远镜，他们又出发了。

"你的翅膀，还给你。"他们来到塔楼时，月仙说，"现在飞去玩吧！不要去追月光，也不要弄死我的白兔！饿了就回家。遇上别的麻烦，也赶快回来。"

罗弗兰登立刻飞出去找月狗,把另一边的情况都讲给他听了。月狗有点儿嫉妒,毕竟一个客人都可以获准去看他不能看的东西,不过他却假装不感兴趣。

"听起来那地方实在无趣。"他咆哮道,"我肯定不想看。我看呀,你现在对光亮面已经厌烦了,毕竟这里只有我陪着你,没有你那些两条腿的朋友。可惜波斯巫师死缠着你不放,你回不了家。"

罗弗兰登很伤心。他一遍又一遍地对月狗说自己很高兴能回到高塔,而且在光亮面他永远不会感到无聊。他们很快又成了好朋友,一起做了很多事。然而,月狗发脾气时说的话却变成了真的。这不是罗弗兰登的错,他尽量不表现出来,但不知怎么的,这些冒险和探索对他来说都不像以前那么刺激了,和小男孩在花园里开心玩耍的情形总是浮现在他的脑海里。

两条狗去了银月小精灵(简称月精灵)的山谷,他们骑在兔子身上到处跑,用雪花做煎饼,在整洁的果园里种金灿灿的、比毛茛还小的苹果树。他们把碎玻璃和镀锡大头钉放在一些小龙(趁他们睡着的时候)的巢穴外,然后等到半夜,听他们疼得发出愤怒的吼叫。正如我告诉过你的,龙的肚子一般都很嫩,他们每天半夜十二点出去找水喝,更不用说中间的时间了。有时,这两条狗甚至敢去蜘蛛陷阱,咬断蛛网,释放出被缠住的月光,一旦看到蜘蛛从山顶上向他们投出套索,他们就立即飞走。但在这段时间里,罗弗兰登一直盼着信差米欧能带来地球的消息(主要是谋杀案和足球比赛的消息,连小狗都知道这一点。不过有时候在边边角角倒是能找到更有趣的消息)。

米欧下次来的时候，他正好外出游荡，因此错过了米欧的到访，但他回来时发现老头还在看信件和新闻（心情似乎也不错，他坐在屋顶上，两只脚悬在边缘外，抽着一根巨大的白色黏土烟斗，像火车头一样吐出一团团烟雾，圆圆的老脸上挂着微笑）。

罗弗兰登觉得再也忍不下去了。"有件事让我心里很不安。"他说，"我想回到小男孩身边，这样他的梦就可以成真了。"

老人放下信（信是关于阿尔塔薛西斯的，很有趣），从嘴里拿出烟斗。"你一定要走吗？就不能留下来吗？这太突然了！我真的很高兴能认识你！你以后一定还要再来。随时欢迎你再来！"他一口气说完。

"太好了！"他拿出理智的一面，接着说，"阿尔塔薛西斯的问题已经解决了。"

"怎么会？"罗弗兰登问，又兴奋起来。

"他娶了一条美人鱼，住到深蓝海底去了。"

"但愿她能把他的裤子缝补得好些！绿色的海藻补丁与他的绿帽子很配。"

"亲爱的小狗！他结婚时穿了一套全新的绿海草衣服，纽扣是粉红色的珊瑚，肩章是海葵。他们在海滩上烧掉了他的旧帽子！这一切都是萨玛索斯安排的。啊！萨玛索斯真是个神秘的人，像深蓝海一样深沉。不仅仅是你的事，我的小狗，我想他会用这种方式并按照他自己的喜好解决很多事。

"不知道结果会怎样！在我看来，此时的阿尔塔薛西斯就和二十来岁差不多，像个小孩子，总是为一些小事大惊小怪。毫无疑问，他就是个老顽固。他过去是一个相当不错的魔法师，可惜他的脾气越来越糟糕，还非常招人讨厌。有一天下午，他用一把木铲去挖老萨玛索斯，揪着他的耳朵把他从洞里拉了出来。萨玛提斯特斯们觉得他太过分了，对此我并不感到奇怪。'我睡得正香，外面却闹得这么凶，而且居然是为了一只可怜的小狗。'他在信里就是这么写的，你不必脸红。

"于是他邀请阿尔塔薛西斯参加美人鱼的聚会，这时他们俩的脾气都缓和了一些，事情就是这样发生的。他们带阿尔塔薛西斯在月光下游泳，他再也回不了波斯，甚至也回不了珀肖尔了。他爱上了富有的人鱼国王的女儿，这位美人鱼虽说年纪大了些，却长得非常漂亮，第二天晚上，他们就结婚了。

"也许这样也好。海洋里有段时间没有常驻魔法师了。海神普罗透斯[1]、海神波塞冬[2]、人身鱼尾的海之信使特里同[3]、海神尼普顿[4]，这样的人物很久以前不是变成了小鲦鱼，就是变成了贻贝，况且他们对地中海以外的事一无所知，也不怎么关心，他们太喜欢沙丁鱼了。海神老尼奥尔德[5]也早就退休了。当然，他真够蠢的，竟然娶了女巨人，那之后，他也只能抽出一半精力来处理正事了。你还记得吧，她之所以爱上他，是因为他有一双干净的

---

1 普罗透斯，希腊神话中的早期海神，具有预知未来的能力，倘若有人能够抓住他，便能迫使他为自己解惑、预言。
2 波塞冬，希腊神话中的第三代海神，奥林匹斯十二主神之一。
3 特里同，希腊神话中的海之信使，海神波塞冬与海后安菲特里忒的儿子，他拥有一个能够扬起或平息海浪的海螺。
4 尼普顿，罗马神话中的海神，罗马十二主神之一，对应希腊神话中的波塞冬。
5 尼奥尔德，北欧神话中的夏神与海神，掌管夏天与海洋。

脚[1]（这样在家里会很方便），后来他的双脚总是湿漉漉的，她就不再爱他了，只是这时候已经太迟了。我听说他如今已到了暮年，老态龙钟，真是可怜的老伙计。都怪石油燃料，害得他咳嗽得很厉害，他退了休，去冰岛海岸晒太阳了。

"当然还有海之老人。他是我的堂兄，可惜我并不以此为荣。他真是个累赘，他不愿走路，总想让人抱着他，我敢说你也听说过这件事。他就是这么死的。一两年前，他坐在一个浮动的水雷上（如果你知道我的意思），甚至还直接触动了按钮！出了这种事，我就算会法术也无济于事了。这可比汉普蒂·邓普蒂[2]还要糟糕。"

"那不列塔尼亚[3]呢？"罗弗兰登问道，他毕竟是一条来自英国的小狗。其实他已经听得有点烦了，可还是想多听一些关于他自己国家的巫师的故事。"我还以为滚滚海浪都归不列塔尼亚管呢！"

"她从来没有真正把脚弄湿过。她喜欢在沙滩上抚摸狮子，喜欢坐在一便士上，手里拿着一把鳗鱼叉。不管怎么说，在海里

---

[1] 据《诗语法》（*Skáldskaparmál*）的第五十六章记载，索列姆海姆的巨人斯卡蒂因父亲夏基被阿萨神族的洛基等神杀害，于是来到阿斯加德报仇。在诸神多番抚慰和解释之下，斯卡蒂提出要在神族中挑选一位丈夫作为原谅的条件。诸神答应了她的要求，但她在挑选丈夫时，诸神会隐藏在布幕后面，只露出双脚。斯卡蒂看中了光明之神巴德尔，她以为这位英俊的神明一定拥有最光滑美丽的双脚，于是在选择的时候挑选了最干净的一双脚，但实际上那双脚是属于海神尼奥尔德的，因为海神常年站在海里，所以双脚被海水冲洗得干净至极。

[2] 汉普蒂·邓普蒂，童谣中从墙上摔下跌得粉碎的蛋形矮胖子。

[3] 不列塔尼亚，手持三叉戟、头戴钢盔的女战士，为大不列颠或大英帝国的拟人化象征。

要对付的可不仅仅是海浪。现在他们有了阿尔塔薛西斯，但愿他能发挥作用。我想，如果他们允许的话，他会在头几年里尝试在珊瑚虫上种李子。这可比把人鱼族管得服服帖帖容易多了。

"好啦，好啦，好啦！我说到哪儿了？如果你愿意的话，现在就可以回去了。其实，恕我直言，你也该回去了，越快越好。你应该首先去找老萨玛索斯。别学我的坏榜样，见面时不要忘了在他的名字里加上'普'字！"

第二天，米欧又来了，这次他是来加送邮件的：其中有很多给月仙的信件，还有成捆的报纸，包括《水草周刊画报》《海洋观念报》《人鱼邮报》《海螺报》《晨间水花报》。这些报纸都刊登了一模一样（他们还都声称是独家新闻）的照片，从照片中可以看到，天空中挂着一轮满月，阿尔塔薛西斯在沙滩上举行婚礼，著名金融家（只是一个尊称而已）普萨玛索斯·普萨玛提德斯先生在背景中咧嘴笑着。这些照片比我们的好看，毕竟它们至少是彩色的。而且，美人鱼新娘看起来真的很漂亮（她把尾巴藏在了水沫里）。

是说再见的时候了。月仙笑眯眯地看着罗弗兰登，月狗装出不在意的样子。罗弗兰登也耷拉着尾巴，只说了一句话："再见，小狗！照顾好自己，不要去追月光，不要弄死白兔！晚餐也不要吃太多！"

"你才是小狗！"月狗罗弗说，"别再咬巫师的裤子了！"他只说了这么多。然而，我相信，他后来总是缠着月仙，让他在假期时去找罗弗兰登，在那之后，他确实得到允许，去了好几次。

就这样，罗弗兰登与米欧一起回去了，月仙回了地窖，月狗则坐在屋顶上，看着他们消失在视线之外。

第四章

就在罗弗兰登和米欧来到地球边缘附近的时候,从北极星上吹来一阵冷风,冰冷的水沫从瀑布上向他们飞溅过来。回去的路更为难行,因为老普萨玛索斯施加的魔法没有那么急切了。他们两个很高兴能去狗岛上休息休息。但罗弗兰登中了魔法,现在仍然很小,所以在那里并不怎么开心。其他的狗都太大、太吵,还很瞧不起人。况且骨树上的骨头也太大了,还没有多少肉。

大后天的黎明时分,米欧所居住的黑色悬崖终于映入了眼帘。温暖的阳光照在他们的背上,等到他们落在普萨玛索斯的海湾时,沙丘的顶端已经变得苍白而干燥。

米欧轻轻地叫了一声,用喙敲了敲地上的一小块木头。那块木头立刻笔直地伸到空中,变成了普萨玛索斯的左耳,接着另一只耳朵也出现了,很快,巫师那面貌丑陋的脑袋和脖子的其余部分也显露了出来。

"你们两个在这个时候来,有什么事?"普萨玛索斯咆哮道,

"我最喜欢在这个时间睡觉了。"

"我们回来了!"米欧说。

"看来你是让他背着你飞回来的。"普萨玛索斯转向小狗说,"我还以为你猎过龙之后会觉得飞回家很容易呢。"

"可是,先生,"罗弗兰登说,"我把翅膀落在那儿了。它们不是我的,我也很乐意再做一只普通的狗。"

"啊!好吧。不过我还是希望你做罗弗兰登那阵子曾感到很开心。你也应该开心的。现在,要是你真愿意,大可以再次成为罗弗。你可以回家玩你的黄球,有机会就睡在扶手椅上,坐在主人的腿上,重新做一只体面的小汪汪狗。"

"那个小男孩呢?"罗弗问。

"可是,你不是从他身边跑开,一直跑到月亮上去了吗?"普萨玛索斯说,假装又是生气又是惊讶,却还是高兴地眨了眨一只眼睛,露出会意的眼神,"我说的是家,我指的是家。不要结结巴巴,和我争辩!"

可怜的罗弗还真有些结结巴巴,因为他想表现得礼貌一点儿。"普……萨玛索斯先生。"他总算说了出来。

"求……求……求你了,普……普……普……萨玛索斯先生。"他真诚地说道,"求……求你了,原谅我吧,但我又遇见他了,我现在不会再跑掉了。我其实是属于他的,对吗?所以我应该回到他身边去。"

"胡说八道!你当然不能回到他身边,也不必这么做!你属于第一个买下你的老太太,你应该去找她。赃物不能买,被施了魔法的东西也不能买,但凡懂点儿规矩,你就该知道这一点,你这条愚蠢的小狗。男孩的母亲浪费了六便士买下你,事情到这里就算结束了。就算是在梦中见面了,又能怎么样呢?"普萨玛索斯说着深深地眨了眨眼睛。

"我还以为月仙造的梦有一些能成真呢。"小罗弗悲伤地说。

"啊!你是这么想的!可那是月仙的事。我的任务是立刻把你变回原来的大小,再把你送回你该去的地方。阿尔塔薛西斯已经去其他地方发挥作用了,我们再也不必顾虑他了。过来这里!"

他抱住罗弗,用胖乎乎的手在小狗的头上晃了晃,说变就变!……可罗弗一点儿变化也没有!他再度施法,但还是没有任何变化。

普萨玛索斯从沙子里爬出来,罗弗第一次看到他的腿像兔子一样。他跺着脚,来回暴跳,把沙子踢向空中,还猛踩贝壳,像一只愤怒的狮子狗一样哼哼。可还是什么也没发生!

"瞧瞧海藻巫师干的好事,但愿他长水疱和疣子!"他咒骂道,"瞧瞧这采李子的波斯人干的好事,把他塞进锅里!"他喊道,一直喊到累了才坐下来。

"好,很好!"他终于冷静下来,说道,"活到老学到老!阿尔塔薛西斯真是个大怪胎。谁能想得到,他都结婚了,在这么高兴的时候居然还记得你,在去度蜜月前把他最强大的咒语浪费在一条狗身上,好像他第一次下的咒语一文不值,还比不上一条愚蠢的小狗值钱?好像他下的第一条咒语还不足以把小狗折磨得死去活来。"

"好!反正我不需要考虑该怎么做了。"普萨玛索斯继续说,"如今只有一个办法了。你得去找他,求他原谅。哎呀!这件事我记住了,直到海水比现在咸一倍、比现在少一半,我才会忘记。你们俩去散个步吧,半小时后回来,到时候我的气就消了!"

米欧和罗弗沿着海岸上了悬崖,米欧慢慢地飞着,罗弗很伤心地小跑着。他们在小男孩父亲的房子外面停了下来。罗弗甚至走进花园大门,坐在孩子们窗下的花坛上。时间还很早,但他仍满怀希望地汪汪叫着。小男孩们要么还在酣睡,要么已经出门了,没人到窗前来。反正罗弗就是这么认为的。他忘记了这个世界和月亮的后花园是不一样的,也忘记了阿尔塔薛西斯的魔法仍在,所以他的体型还是很小,叫声也细不可闻。

过了一会儿,米欧把伤心难过的他带回了海湾。一个全新的惊喜正等着他。普萨玛索斯居然在和一头鲸鱼说话!那是一头非常大的鲸鱼,名叫乌因,是最古老的露脊鲸。在小罗弗看来,他就像一座山,他的大脑袋浮在水边的一个深水池里。

"很抱歉,一时找不到更小的了。"普萨玛索斯说,"但他能让你舒舒服服的!"

"走进来吧!"大鲸说。

"再见!走进去吧!"米欧说。

"走进去吧!"普萨玛索斯说,"快点儿!不要在里面咬,也不要抓。那样你会弄得乌因咳嗽,你自己也舒服不了。"

这几乎就和让罗弗跳进月仙地窖的洞里一样糟糕,他不由得直往后退。米欧和普萨玛索斯只好把他推进去。他们没有哄他,直接就动了手。鲸鱼的下颚啪的一声合上了。

鲸鱼的肚子里确实很黑，还弥漫着一股腥臭味。罗弗在里面瑟瑟发抖。他坐在那里（甚至不敢摇摇自己的耳朵），听到了……或者说他自以为听到了大鲸尾巴在水里嗖地挥动和拍打的声音。他感觉到……或者说自以为感觉到鲸鱼正在潜入深蓝色的海底，而且越潜越深。

可是，当鲸鱼停下来，再次张大了嘴巴时（他很喜欢这么做。鲸鱼都很喜欢张大嘴巴到处觅食，那样大量的海水就会裹着食物流进他们的嘴里，但乌因是一头体贴的鲸鱼），罗弗探头去看，可以看到海水很深，可谓深不可测，却一点儿也不蓝。四周散发着淡绿色的光。罗弗走了出去，发现自己走在一条白色的沙路上，沙路蜿蜒穿过一片朦胧而奇妙的森林。

"一直走！很快就能到。"乌因说。

罗弗往前走啊走啊，一直走到小路笔直路段的尽头。不久，他就看到了一座雄伟宫殿的大门，门板看起来是由粉色和白色的石头做成的，从里面透出来一道淡淡的光。许多窗户里清晰地闪动着绿色和蓝色的光。城墙四周长着巨大的海树，比宫殿高耸的圆顶还要高，在昏暗的水中散发着微光。印度橡胶树一般的巨大树干像草一样弯曲摇摆，无边无际的树枝的阴影里挤满了金鱼、银鱼、红鱼、蓝鱼，还有像鸟一样的磷光鱼。但是鱼儿不唱歌。有美人鱼在宫殿里唱歌，她们的歌声如同天籁！所有的海中仙子齐声歌唱，乐声从窗子里飘了出来。成百上千的人鱼吹奏着号角、笛子和海螺壳。

海精们正在树下的黑暗中朝他咧嘴笑，罗弗加快了步伐。他发现，在深深的水下，自己的脚步十分缓慢，像灌了铅一样。他怎么没被淹死?这我也不清楚,但我猜想,普萨玛索斯·普萨玛提德斯一定考虑过这个问题(他对大海的了解比大多数人想象的要多,尽管只要有可能,他从不涉足大海)。就在罗弗和米欧出去散步的时候,他坐下来让自己冷静,还想出了一个新计划。

不管怎样,罗弗并没有被淹死。可是,他还没走到门口,就已经希望自己是在别的什么地方,哪怕是在大鲸湿漉漉的肚子里也好。他终于到了大门前。在小路旁边的紫色灌木丛和海绵似的小树丛中,有那么多奇怪的身影和面孔在窥视着他,让他觉得很不安全。最后,他走到那扇巨大的门跟前。金色拱道的边缘镶着珊瑚,大门是用珍珠母贝做成的,上面镶着鲨鱼牙齿。门环是一个巨大的圆环,上面镶有白色的藤壶,藤壶上的红色小饰带都垂在外面。当然,罗弗够不到大门,也打不开门。于是他汪汪叫了一声,令他吃惊的是,他的叫声很响。当他叫到第三声的时候,里面的音乐停了,大门开启。

你觉得开门的人是谁?正是阿尔塔薛西斯本人,他穿着一件看起来像李子色的天鹅绒上衣,搭配一条绿色的丝绸裤子,嘴里还叼着一根大烟斗,只不过烟斗冒出来的是美丽的彩虹色泡泡,而不是烟草的烟雾。但是他没戴帽子。

"喂!"他说,"你终于出现了!我早就想到你过不了多久就会厌倦老普萨玛索斯(他很不屑一顾地说出了'普'字)。他不是万能的。好吧,你下到这儿来干什么?我们正在开派对,你打断了音乐。"

"求你了,阿尔特夏西斯先生……我是说埃尔塔拉西斯……"罗弗说道,他有些慌乱,但竭力地想表现得很有礼貌。

"倒也不必纠正！我并不介意！"巫师气冲冲地说，"你继续解释吧，但要长话短说。我可没时间听你啰里吧嗦。"自从他娶了有钱的人鱼国王的女儿，并被任命为太平洋和大西洋魔法师后（人们在背地里就简称他为两大洋魔法师），就变得相当自负。"如果你有什么要紧的事要见我，你最好进来，在大厅里等着。舞会结束后，我也许能抽出点儿时间。"

他让罗弗进来后便关上门走了。小狗发现自己正置身于一个巨大的黑暗空间里，上方是一个光线昏暗的圆顶，四周都是尖顶拱廊，挂着海藻，大部分都是乌漆墨黑的。但其中一条拱道灯火通明，有响亮的音乐从里面传出来，音乐似乎永不停止、从不重复，一刻也没有停歇过。

罗弗很快就等得不耐烦了，于是他走到闪闪发光的门口，从幕帘里往外看。映入眼帘的是一个巨大的舞厅，里面有七个圆顶和无数根珊瑚柱，闪烁着最纯粹的魔法，充满了温暖的、波光粼粼的水。金发美人鱼和黑头发的海妖又是唱又是跳，他们不是用尾巴跳舞，而是在清澈的水中跳着奇妙的游泳舞，时而上下漂动，时而左右摇摆。

没有人注意到小狗正把鼻子从门口的海藻缝里探出来，往里张望，于是他看了一会儿后就爬了进去。地板是用银色的沙子和粉红色的蝴蝶壳做成的，所有的贝壳都张开着，在轻轻旋转的水中一张一合。他在他们中间小心翼翼地走了一段路，身体紧贴着墙壁，这时一个声音突然在他头顶上说：

"多可爱的小狗啊！我敢肯定，他是一条陆狗，不是海狗。他是怎么到这儿来的……这么小的一只！"

罗弗抬起头来，看见一位漂亮的美人鱼小姐，金色的头发上插着一把黑色的大梳子，正坐在离他上方不远的一块岩架上。她那令人惋惜的尾巴垂着，她正在缝补阿尔塔薛西斯的一只绿袜子。她当然就是阿尔塔薛西斯的新婚妻子（通常被称为帕姆公主。她很受欢迎，比她丈夫更受欢迎）。此时，阿尔塔薛西斯正坐在她的身边，不管有没有时间听别人说冗长的废话，他都在听他的妻子啰唆。至少在罗弗出现之前是这样的。阿尔塔薛西斯太太一看到他，就不再说个不停，也不再缝补袜子，她漂游下来抱起他，把他带回她所坐的位子上。这确实是二楼的一个靠窗（一扇室内的窗户）的座位。出于同样的原因，海里的房子里没有楼梯，也没有伞，门和窗之间也没有太大的区别。

美人鱼太太很快便又扭动着美丽的（而且是相当大的）身躯，舒舒服服地躺在了长沙发上，还把罗弗放在膝头。这时，从窗座下面立刻传来一声可怕的咆哮。

"趴下，罗弗！趴下，乖乖！"阿尔塔薛西斯太太说。不过，她不是在和我们的罗弗说话。她的说话对象是一条白色的海狗。即使她这么说了，可那条狗还是钻了出来，他又是咆哮，又是嘟囔，一会儿用蹼状的小脚拍打海水，一会儿用扁平的大尾巴抽打海水，尖鼻子里喷着泡泡。

"这小东西真恐怖！"新来的狗说，"看看他那可怜的尾巴！看看他的爪子！再看看他那傻兮兮的皮毛！"

"还是看看你自己吧。"罗弗趴在美人鱼太太的腿上说，"看了一眼就不想再看第二眼！谁给你起名叫罗弗的？你又像鸭子，又像蝌蚪，可你居然假装自己是条狗！"从这一点你可以看出，他们第一眼就喜欢上了对方。

的确,他们很快就成了好朋友。不过他们之间的友情并不像罗弗和月狗之间那么深厚,毕竟罗弗在海底待的时间比较短,而且对小狗来说,深海不像月亮那样是一个好玩的地方,这里到处都是黑漆漆的,所有地方都很可怕,没有也永远不会有光亮,因为在所有的光都熄灭之前,永远也不会有人发现他们。深海里住着可怕的东西,古老到难以想象,强大到任何魔法都不能将其制服,硕大到无法测量。阿尔塔薛西斯早就发现了这一点。两大洋魔法师根本谈不上是世界上最舒服的工作。

"现在游出去玩吧!"他的妻子说,这时两条狗已经停止了争吵,正在彼此身上嗅来嗅去。"别去追火鱼,别撕咬海葵,别被蛤蜊夹住。到时间回来吃晚饭!"

"拜托,我不会游泳。"罗弗说。

"啊!真烦人!"她说,"两大洋魔法师!"到目前为止,她是唯一一个当面这么叫他的人,"终于有件事是你能做的了!"

"当然,亲爱的!"巫师说,他非常渴望能帮助她,而且很高兴能证明自己确实会魔法,没有白占着职位不干活(在大海的语言中,他们管这种人叫"赖皮")。他从马甲口袋里掏出一根小魔杖。那其实是他的钢笔,只是已经不能写字了。人鱼族用的是一种奇怪的黏稠墨水,无法使用在钢笔上。他对着罗弗一挥魔杖。

不管有些人怎么说,阿尔塔薛西斯确实是一个非常优秀的魔法师(否则罗弗就不会经历这些冒险了),有他自己的出众之处。他给罗弗施的魔法尽管很简单,但还是需要经常练习才行。不管怎么说，他挥动魔杖后，罗弗的尾巴就开始变得像鱼一样，爪子上长出了蹼，皮毛变得越来越像防水胶布。变化结束后，他很快就适应了。他发现游泳学起来比飞行容易得多，也很好玩，还不那么累，除非你想下到更深的水里。

在试着绕舞厅游了一圈之后，他做的第一件事就是咬住另一只狗的尾巴。他这么做自然是为了好玩。但不管好玩不好玩，他们差点儿打了起来，或者说，海狗非常敏感，很爱发脾气。罗弗拼了命地逃跑，这才保住了一条小命。他也必须灵活敏捷。老天！两条狗上演了一场生死追逐，从窗户里跑进跑出，钻进漆黑的通道，围着圆柱绕来绕去，还游到外面绕着圆顶上跑下。最后，海狗游累了，火气也消了。于是他们两个一起在旗杆旁边最高的圆顶上坐了下来。旗杆上飘着人鱼国王的旗帜，那是一条海藻长旗，红绿相间，装饰着闪闪发光的珍珠。

"你叫什么名字？"两条狗喘着粗气，都没说话，过了一会儿，海狗说，"你叫罗弗？"他说，"这是我的名字，你不能叫。是我先叫这个名字的！"

"你怎么知道的？"

"我当然知道！我看得出来，你只是一条小狗，而且你下到这儿来还不到五分钟。我中魔法已经是很久很久以前的事了，得有几百年了。我想我是第一条叫罗弗的狗。

"我的第一个主人就叫罗弗，罗弗的意思是'流浪者'，他人如其名，驾驶船只在北方的海域里流浪。那是一艘长船，挂着红帆,船头雕着一条龙,他给船起名为'红龙号',他很喜欢那艘船。我很喜欢他,但我当时只是一条小狗,他不怎么注意我。我还不够大,不能去打猎,他也不会带狗一起出海。有一天,我私自去了海上。他在向妻子告别,大风呼呼地吹着,人们把'红龙号'从滚轮上推到海里。龙脖子周围泛着白色的水沫,我突然觉得,如果我不去的话,那天之后就再也见不到他了。于是我偷偷溜上了船,躲在一只水桶后面。直到在海上航行了很远,路标也深深降到了水面以下,他们才发现我上了船。

"他们就是在那时候叫我罗弗的,他们拽着我的尾巴把我拖了出去。'这有个不错的海上流浪汉!'一个人这么说。'奇怪的命运将要降临在他身上,他这辈子都回不了家了。'另一个人说,他的目光透着古怪。我确实再也没能回家。我也没再长大,不过我倒是一年比一年老,当然也增长了智慧。

"那次航行中发生了一场海战,我跑到前甲板上,箭矢纷纷落下,刀尖撞击在盾牌上。'黑天鹅号'上的人登上了我们的船,把我们赶下了船。他是最后一个走的。他站在龙头旁边,穿着一身锁甲跳进了海里。我也跟着他跳了下去。

"他坠到海底的速度比我快,美人鱼抓住了他。但我让美人鱼快点儿把他送到岸上去,他要是不能回家,会有很多人伤心落泪的。她们对我笑笑,便把他抬起来,送他离开了。现在有人说她们送他上了岸,可也有人对我直摇头。美人鱼不可信,不过她们在保守秘密方面倒是一把好手。在这方面,她们比牡蛎都强。

"我常常想,她们其实是把他埋在了白沙里。在离这里很远的地方,被'黑天鹅号'击沉的'红龙号'的残骸仍在。反正我上次路过的时候残骸就在那儿。除了龙头外,船的周围和上方都长满了海藻。不知怎么的,船身上甚至都没长藤壶,船身下面有一堆白色的沙子。

"我很久以前就抛开了往事,慢慢地变成了一只海狗,在那些日子里,年长的海婆常常施展巫术,其中有一个对我很好,就是她把我作为礼物送给了人鱼国王,也就是那位统治者的祖父。从那以后,我就一直在王宫里走动。我的经历就是这样的。那是几百年前的事了,从那以后,我见过很多次涨潮和退潮,但从来没有回过家。现在来说说你的故事吧!想来你不会碰巧是从北海来的吧?以前我们都管那里叫英格兰海。奥克尼群岛及其周围的地方,你了不了解?"

我们的罗弗不得不承认,他以前只知道有大海,至于别的就一无所知了,而且就连大海也了解得不多。"可我上过月亮。"他说,并尽可能多地把自己在月亮上的经历告诉了新朋友。

海狗非常喜欢罗弗的故事,相信他所说的至少有一半是真的。"你的故事很不错,挺有意思。"他说,"是我这么久以来听过的最好的故事。我见过月亮。我偶尔会到海面,但我想象不出月亮上竟会是那样。哎呀!天上的那条狗居然脸皮这么厚。竟然有三条罗弗!两条就够糟了,三条更不行!我绝对不相信他的年纪比我还大。要是他有一百岁了,就连我也会大吃一惊。"

他很可能也是对的。正如你所注意到的,月狗很爱吹牛。"不管怎么说,"海狗道,"他的名字是他自己取的。我的名字是别人给取的。"

"我的也是。"我们的小狗说。

"你的主人给你取这个名字,是没有任何理由的,那时候你也还没做过任何与这个名字相称的事。我觉得月仙的主意不错。我也叫你罗弗兰登吧。如果我是你,我就一直叫这个名字,毕竟你永远也不知道自己接下来要去哪里!我们下去吃晚饭吧!"

这是一顿充满鱼腥味的晚餐,但罗弗兰登很快就习惯了,况且这种饭菜似乎正适合他的蹼足。吃过晚饭后,他突然想起了自己一路来到海底的目的,于是赶紧去找阿尔塔薛西斯。他看到阿尔塔薛西斯正在吹泡泡,并把泡泡变成真正的球来哄小人鱼开心。

"求你了,阿尔塔薛西斯先生,能不能劳驾你把我……"罗弗兰登说。

"啊!走开!"巫师说,"难道你看不出我不希望有人打扰吗?现在不行,我很忙。"阿尔塔薛西斯面对他瞧不上的人,经常这么说话。他很清楚罗弗想要什么,但他并不着急。

于是罗弗兰登游开,上床睡觉去了,或者更确切地说,是栖息在花园里一块高耸岩石上的海藻之间。那头老鲸就躺在下面。要是有人告诉你,鲸鱼不会沉到海底,也不会在那里睡上好几个钟头,你也不要有所怀疑。毕竟老乌因在各方面都是与众不同的。

"嘿!"他说,"你过得怎么样?我看你还是和玩具一样大。阿尔塔薛西斯怎么了?他就不能做点儿什么吗,还是他不愿意?"

"我想他可以做点儿什么。"罗弗兰登说,"看我的新外形!可只要我一提起把我变回原来的大小,他就不停地说他有多忙,没时间多做解释。"

"嗯呼！"大鲸说着一甩尾巴，把一棵树撞向了一边，带起的水流差点儿把罗弗兰登从礁石上冲下去，"依我看，两大洋魔法师在这些地方是混不出什么名堂的，但我也没什么可担心的。你会恢复正常的，这是迟早的事。不过明天还有很多新东西可看。去睡觉吧！再见！"说完，他就游到黑暗中去了。他把这个消息带回了海湾，老普萨玛索斯听了非常生气。

宫殿里的光都熄灭了。幽暗的海水太深，月光或星光都无法穿透。绿色越来越暗，最后变得一片漆黑，没有一丝微光，只有一些发光的大鱼在水草间慢慢游过。然而，罗弗兰登那天晚上睡得很香，第二天晚上，之后的几个晚上也睡得很香。第二天和第三天的白天，他到处找巫师，却连他的影子都没见到。

一天早晨，他开始觉得自己是一只十足十的海狗了，琢磨着是不是要永远待在海底，这时候，海狗对他说："别为了巫师的事心烦了！或者说，别去烦他了！今天别去找他。我们去游泳吧，多游一会儿！"

他们出发了，他们本来只想多游一会儿，结果一连出去了好几天，游出了非常长的一段距离。你一定记得，他们都中过魔法，海里的普通生物很少有能跟得上他们的速度的。当他们厌倦了水底的峭壁和高山，厌倦了在中等高度的地方比赛，就开始不断地往上游，他们游啊游啊，在水里上升了超过一英里的高度。他们浮出了水面，可触目所及都不见陆地。

四周的海面很平静，一片灰暗。接着，在拂晓的寒风吹袭下,海面上突然起了皱,一片一片地变黑了。太阳迅速地从海的边缘升了起来,火红火红的,好像刚喝了热红酒。太阳飞快地跃入空中,开始了每天的旅程,把滚滚波浪的边缘都染成了金色,波浪之间的阴影变成了墨绿色。一艘船在大海和天空相交之处航行,朝着太阳的方向前进,在如火的霞光的映衬下,它的桅杆看起来是黑色的。

"它要开去哪儿?"罗弗兰登问。

"啊!想必是日本、檀香山、马尼拉、复活节岛、星期四岛、海参崴,或者别的什么地方。"海狗说,他对地理只是一知半解,尽管他吹嘘自己几百年来一直在四处游荡,"我想我们是在太平洋,但我不知道是在哪一部分,只是感觉这片水域倒是很温暖。这片海真大啊!我们去找点吃的吧!"

几天后,他们回来了,罗弗兰登立刻又去找巫师。他觉得自己已经给了巫师很长一段时间,一直没有去打扰他。

"求求你了,阿尔塔薛西斯先生,你能不能……"他像往常一样说道。

"不!不能!"阿尔塔薛西斯说,比平常更加肯定。不过,这次他是真的很忙。他收到了很多邮寄来的投诉信。你可以想象得到,在海上会出现各种各样的问题,即便是最棒的两大洋魔法师也阻止不了,其中一些甚至都不归他管。不时会有船骸落在人鱼的屋顶上,海底会发生爆炸(啊,是的!海底有火山和诸如此类的讨厌的东西,和我们一样糟糕),炸毁了某个人鱼珍贵的金鱼群、宝贵的海葵苗圃、独一无二的珍珠牡蛎,或者著名的岩石和珊瑚花园。野蛮的鱼在公路上打架,撞倒了小人鱼;心不在焉的鲨鱼从餐厅的窗户游进来,破坏了晚餐;还有那些不能宣之于口的神秘恐怖的怪物,他们来自黑暗的深渊,会做各种可怕而邪恶的事。

人鱼族向来都是能忍就忍,但并非不会抱怨,况且他们喜欢抱怨。他们自然经常给《水草周报》《海洋邮报》和《海洋观念报》写信投诉。但现在有了两大洋魔法师,于是他们也写信给他,把一切都怪到他的头上,即使是他们的尾巴被自己养的宠物龙虾咬了。他们说他的魔法不顶用(有时确实如此),应该降薪(这说得倒是不错,只是太粗鲁了)。他们说他的身材太高大,穿不下靴子(这话多少也说到了点子上。不过他们应该说拖鞋,毕竟他很懒,不常穿靴子)。除此之外,他们还说了很多事,每天早上都搞得阿尔塔薛西斯烦不胜烦,尤其是在星期一。星期一向来都是乱七八糟的(有几百封投诉信),而这一天便是星期一。于是阿尔塔薛西斯朝罗弗兰登扔了一块石头,罗弗兰登就像虾从网里掉出来一样溜走了。

他来到外面的花园里,发现自己的体形没有改变,心里高兴极了。我敢说,要不是他跑得快,巫师准会把他变成一只海参,要不就是把他送到天涯海角(不管那地方在哪里),甚至送到波特(位于最深的大海的海底)去。他非常恼火,便去找海狗发牢骚。

"不管怎么说,你最好还是别去打扰他了,等星期一过去再说。"海狗建议道,"我要是你的话,以后都不会再在星期一去烦他。走吧,我们继续去游泳吧!"

那之后,罗弗兰登有很久都没去打扰巫师,他们几乎忘记了彼此。不过倒也没有完全忘记,毕竟小狗没那么快忘记被石头砸的经历。但从表面上看,罗弗兰登已经安顿了下来,成了王宫的永久宠物。他一直与海狗四处游荡,小人鱼也经常和他们一起去。在罗弗兰登看来,他们不像真正的、两条腿的孩子那样快活(当然,罗弗兰登并不真正属于大海,所以他的判断也不完全准确),但和他们在一起,他很开心。如果不是后来发生的事,他们可能会让他一直留在那里,最后也会让他忘记小男孩。等说到这些事的时候,你可以判断一下普萨玛索斯是不是与之有关。

不管怎么说,这样的小人鱼有很多。老人鱼王有几百个女儿和几千个外孙外孙女,全都住在同一座宫殿里。他们都很喜欢两个罗弗,阿尔塔薛西斯太太也很喜欢他们两个。可惜罗弗兰登从来没有想过把自己的故事告诉她,毕竟不管两大洋魔法师心情好不好,她都知道怎么对付他。当然,如果是那样的话,罗弗兰登倒是能早点儿回去,却会错过很多风景。他和阿尔塔薛西斯太太以及一些小人鱼一起参观了大白洞。所有丢在海里的珠宝,以及那些本就一直在海里的珠宝,当然还有很多稀世的珍珠,都藏在那里。

还有一次,他们到海底的小玻璃屋里,去见较小的海仙女。海仙女们很少游泳,但她们会一边唱歌,一边在平坦的海底漫游,还会驾驶着最小的鱼拉着的贝壳车到处走。还有时候,她们骑着小绿蟹,牵着用很细的线做成的缰绳(当然,这并不能阻止螃蟹横着走,毕竟他们向来如此)。她们与海妖不和,海妖体型较大,长得很丑,还很吵闹,整天无所事事,只会打架、捉鱼和骑着海马跑来跑去。这些海妖即便离开水也能活很长时间,哪怕下着暴风雨，他们也会在海边冲浪。有些海仙女也可以，但她们更喜欢待在僻静的海岸上，度过平静温暖的夏夜（因此很少能看见她们的身影）。

有一天，老乌因又出现了，他把两条狗驮在身上，带他们换换环境。那感觉就像骑在一座移动的山上。他们离开了好多天，一直游到了世界的东部边缘才折返。在那里，鲸鱼浮出水面，喷出了一道水柱，水柱太高了，很多水都被甩到了地球的边缘之外。

还有一次，他带着他们去了世界的另一边（一直到了他能到达的极限），那是一次更漫长、更刺激的旅行，是罗弗兰登经历过的最奇妙的旅行。后来，当他长大了，变得更聪明了，他才意识到这一点。至少得再用一篇故事，才能讲清楚他们在未知水域都经历了什么样的冒险，看到了哪些从未在地理上为人所知的陆地。然后他们穿过黯影海域，来到了魔法群岛另一边的广阔的仙境湾（我们这样称呼它），远远地看到了精灵之家最后的西山，以及投射在海浪上的仙境之光。

罗弗兰登好像瞥见了群山下绿色山丘上的精灵之城，如同在远处闪烁着的一抹白光。不过正在此时，乌因突然潜入水里，所以他也不确定自己看没看准。要是他看得不错，那么不管是两条腿的还是四条腿的，他都是少数几个在我们自己的土地上行走，还说自己瞥见了另一片陆地的生物，不管那片陆地离我们有多远。

"要是这事被发现了，我可要吃不了兜着走了！"他说，"域外之地的人是不应该到这儿来的，现在也没几个人来。千万别说出去!"

关于狗,我是怎么说的来着?要是有人发脾气用石头砸他们,他们是轻易不会忘记的。虽然见识到了各种各样的奇观,经历了各种奇妙的旅行,这件事仍然横亘在罗弗兰登的内心深处。他一回到家,就想起了这件事。

他的第一个念头是:"那个老巫师在哪儿?对他客气有什么用!只要有一点儿机会,我也要再把他的裤子弄坏。"

抱着这样的心态,他想和阿尔塔薛西斯单独见一面,但没有成功。这时,他看见魔法师沿着一条皇家大道离开了皇宫。当然,在他这个年纪,他太骄傲了,所以不会由着自己长出尾巴或鳍,也没有学会怎么游泳。他唯一能做的事就是像鱼一样喝水(即便是在大海里也是如此,所以他一定是渴极了)。他在自己的私人公寓里花了很多时间来用魔法把苹果酒装进大桶里,而他本该把这些时间花在处理公务上。在需要赶路的时候,他就乘车。罗弗兰登看见他的时候,他正坐在他的快车上。那是一个巨大的贝壳,形状像海扇壳,由七条鲨鱼拉着。人们迅速闪开,谁都不想被鲨鱼咬到。

"我们跟去看看!"罗弗兰登对海狗说,于是他们跟了过去。每当贝壳车经过悬崖下方,两条淘气狗就会往马车里扔石头。我告诉过你他们的速度相当快。他们呼啸着前进,躲在海草丛中,把任何能找到的东西推下悬崖。他们把巫师气得够呛,但做得很小心,不让他发现是他们干的。

阿尔塔薛西斯在出发前就已经火冒三丈了,还没走多远,他就勃然大怒，怒火中还夹杂着焦虑。他现在要去调查突然出现的一个不寻常的漩涡所造成的破坏，而且事发海域还是他很不喜欢的。在他看来（他的看法是对的），那边有一些讨厌的东西，最好不要去招惹。我敢说你能猜到是怎么回事。阿尔塔薛西斯也猜得到。那条古老的海蛇就快苏醒了。

多年来，海蛇一直在沉睡，可现在他开始翻身了。他的身体若是展开，长度能达到一百英里（有人说他的身体能从世界的一端延伸到另一端，但这有些夸张了）。当他蜷缩起来，除了波特（他曾经住在那里，许多人都希望他能回去），所有海洋里只有一个洞能容纳他，很不幸的是，这个洞离人鱼国王的宫殿还不到一百英里。

随着他在睡梦中展开身体，海水也开始猛烈地翻涌摇晃，把方圆几英里内的房屋都弄弯了，让人们不得安宁。但是，派两大洋魔法师去调查这件事的举动可谓非常愚蠢，毕竟海蛇太过巨大和强壮，又太过古老和愚蠢，是任何人都无法控制的（原始、史前、神话、神秘、愚蠢……这些词都可以用来形容他）。阿尔塔薛西斯对这一点再熟悉不过了。

即使是月仙努力工作五十年，也调制不出一个足够大、足够长、足够强的咒语来束缚他。月仙只尝试过一次（在特别要求下），结果至少有一块大陆掉进了海里。

可怜的老阿尔塔薛西斯直奔海蛇的洞口。可是，他刚下了车，就看见海蛇的尾巴尖从洞口伸了出来。它比一排巨大的水桶还大，是绿色的，还很黏滑。光是看到这个，他就已经受够了。趁着巨蛇再次翻身之前，他想马上回家，因为所有的蛇都会在奇怪和意想不到的时刻翻身。

是小罗弗兰登搞砸了一切！他对海蛇一无所知，压根儿就不清楚他有多大。他一心只顾着去报复坏脾气的巫师。阿尔塔薛西斯呆呆地站在那里，盯着露出来的蛇尾，拉车的鲨鱼也什么都没注意到，罗弗兰登便瞅准这个机会爬了上去，一口咬在一条鲨鱼的尾巴上，而他这么做，纯属为了取乐。为了取乐！可真是有意思了！那条鲨鱼一下子向前猛蹿出去，贝壳车也被扯着向前移动。阿尔塔薛西斯刚要转身上车，结果一下子仰面摔倒在地。接着，那条鲨鱼咬了他当时唯一够得到的东西，也就是前面的鲨鱼，而这条鲨鱼又咬了他前面的同伴，就这样以此类推，可七条鲨鱼中最前面的一条就没有鲨鱼可咬了！天啊！结果这个白痴居然咬了海蛇的尾巴！

海蛇突然又翻了个身！小狗们所知道的下一件事就是自己被海水卷着猛地旋转起来，一会儿被卷到西，一会儿被卷到东，不是撞到晕头转向的鱼群，就是撞上随着海水快速旋转的海树，又被搅在连根拔起的大团海草、沙子、贝壳、蛤蜊、玉黍螺和各种零碎东西之间，已经被吓得魂不附体了。情况变得越来越糟，海蛇不停地翻转身体。还有老阿尔塔薛西斯，他紧紧抓住鲨鱼的缰绳，也被甩过来甩过去，口中还对着他们破口大骂。我说的是他在骂鲨鱼。幸好他一直不知道罗弗兰登都做了什么。

我不知道两条狗是怎么回家的。反正他们过了很久才回去。首先，他们被海蛇搅起的狂涛骇浪卷着冲上了岸，后来又被海那边的渔夫捉住，差一点儿就被送到水族馆去了（那可就惨了）。他们费了很大力气才逃过了这一劫，不得不尽可能地从永远都是乱糟糟的地下水道自行返回。

当他们终于回到家时,那里也发生了可怕的骚乱。所有的人鱼都聚集在宫殿周围,大家一起喊道:

"把两大洋魔法师交出来!"(是的,他们在公开场合这么叫他,再也没有尊称了。)"把两大洋魔法师交出来!把两大洋魔法师交出来!"

两大洋魔法师就藏在地窖里。阿尔塔薛西斯太太终于在那儿找到了他,叫他出来。看到他从阁楼的窗户探出头,人鱼纷纷喊道:

"阻止这场骚乱!阻止这场骚乱!阻止这场骚乱!"

他们发出的吵闹声太大了,弄得全世界住在海边的人都以为是大海的咆哮声比平时更响了。事实确实如此!海蛇一直在转来转去,心不在焉地想把尾巴尖塞进嘴里。但是谢天谢地!他还没有完全清醒过来,否则他可能会出来,愤怒地摇着尾巴,那样就要有大陆被淹没了。(当然,这种事是否真的令人遗憾,则取决于是哪块大陆被淹没,以及你生活在哪块大陆上。)

但人鱼并不住在大陆上,而是住在大海里,还是在最乱的深海里,现在海水的骚动越来越严重了。他们坚持认为,人鱼国王有责任让两大洋魔法师调制一些咒语、药物或溶液,来使海蛇安静下来。海水摇晃得太厉害了,他们根本无法用手把饭送进嘴里,也不能擤鼻涕。他们还会撞到彼此身上。由于海水一直在晃,就连鱼都晕了头。水变得很浑浊,满是沙子,所有人都咳嗽不止,连舞也跳不成了。

阿尔塔薛西斯呻吟着,但他必须做点什么。于是他回到工作室,把自己关在里面两个晚上。而在这期间,发生了三次地震,两次海底飓风,人鱼还闹出了几次暴动。他走出来后,在距离洞穴很远的地方施了一个非常奇妙的咒语(同时还念了一段抚慰咒)。于是每个人都回家了,坐在地窖里等着,除了阿尔塔薛西斯太太和她那倒霉的丈夫。男巫不得不待在那儿(虽然保持了一段距离,但并不安全),观察结果。而阿尔塔薛西斯太太则不得不留下来看着巫师。

这个咒语只是让海蛇做了一个可怕的噩梦:他梦见自己浑身爬满了藤壶(非常令人恼火,但在一定程度上也是事实),还梦见自己在火山里被慢慢烤熟(非常痛苦,但纯属想象)。就这样,他彻底清醒了!

也许阿尔塔薛西斯的法术比人们想象的要好。无论如何,海蛇并没有出洞,这在我们这个故事里可是一大幸事。他把头伸到尾巴处,打了个哈欠,把嘴巴张得跟山洞一样大,喷鼻声震天动地,躲在海底王国地窖里的人都听见了。

海蛇说:"别胡闹了!"

他又说:"如果这个喋喋不休的巫师不马上滚蛋,再到海里来瞎搅和,我就出去。我会先吃掉他,再把一切都打得粉碎。好了。晚安!"

阿尔塔薛西斯太太把昏过去的两大洋魔法师带回了家。

等他清醒过来——他很快就醒了过来,是大家把他弄醒的。他解除了给海蛇下的魔咒,收拾好了自己的行李。所有的人都大声说:

"把两大洋魔法师打发走！总算摆脱了！好了。再见！"

人鱼国王说："我们不想失去你，但是我们认为你应该离开。"阿尔塔薛西斯觉得自己非常渺小，无足轻重（这对他来说是件好事）。就连海狗也嘲笑他。

但有趣的是，罗弗兰登非常沮丧。毕竟，他有自己的理由相信阿尔塔薛西斯的魔法并非没有效果。再说了，是他咬了鲨鱼的尾巴，不是吗？这一切都是从他咬破别人的裤子开始的。他也属于陆地，他觉得这个可怜的陆地巫师被这些海底居民嘲弄，未免有点凄惨。

不管怎样，他走到老家伙面前说："求你了，阿尔塔薛西斯先生……"

"什么？"巫师很和蔼地说（他很高兴有人不叫他两大洋魔法师，他已经有好几个星期没听到别人叫他"先生"了）。"怎么了？有什么事，小狗？"

"请原谅，我真的很抱歉。我是说，非常抱歉。我从没想过要损害你的名誉。"罗弗兰登指的是海蛇和鲨鱼尾巴的事，但（所幸）阿尔塔薛西斯以为他指的是他的裤子。

"得了，得了！"他说，"过去的事就别再提了。还是少说话为好。我想我们俩最好还是一起回家去。"

"但是，求你了，阿尔塔薛西斯先生，"罗弗兰登说，"能不能麻烦你把我变回原来的大小？"

"当然！"巫师说，他很高兴找到一个仍然相信他无所不能的人，"当然！但是，在海底，你保持原样才最好，也最安全。我们先离开这里吧！我现在真的很忙。"

这话不假。他走进工作室，收拾好了他所有的用具、徽章、象征物、备忘录、配方集、奥秘书、仪器和装着各种咒语的袋子和瓶子。他把防水锻炉里能烧的东西都烧了，剩下的也被他倒进了后花园。后来，那里发生了离奇的事：所有的花都疯了，蔬菜长得奇形怪状，吃了它们的鱼变成了海虫、海猫、海牛、海狮、海虎、海魔、海豚、儒艮、头足类动物，有的变成了灾难，还有的中了毒。幻象、幻觉、迷惘和错觉不断涌现，搞得宫殿里没有人能得到安宁，不得不搬到别处居住。事实上，他们是在失去巫师后才想起他的好，对他尊敬的。但那是很久以后的事了。此刻，他们只是吵嚷着要他离开。

当一切准备就绪后，阿尔塔薛西斯相当冷淡地向人鱼国王告别。就连小人鱼们也没有舍不得他，因为他经常很忙，很少有机会吹泡泡（比如我提起过的那次）。在他数不清的小姨中，有些试图表现得彬彬有礼，尤其是在阿尔塔薛西斯太太也在场的时候。但实际上，每个人都迫不及待地想看到他走出大门，这样他们就可以送口信去讨好海蛇：

"那个讨人嫌的巫师走了，再也不会回来了，阁下。求求你，去睡吧！"

当然，阿尔塔薛西斯太太也走了。人鱼国王有很多女儿，失去一个也不会太难过，尤其是这个女儿还排行老十。他给了她一袋珠宝，在台阶上给了她一个湿润的吻便返回了王座。可其他人都很难过，特别是阿尔塔薛西斯太太的一大群外甥外甥女们，他们也为失去罗弗兰登而难过。

其中最难过、最沮丧的非海狗莫属了。"你以后要是来海边，就给我捎个信,"他说,"我会浮出海面去见你的。"

"记住了!"罗弗兰登说。然后他们就走了。

最古老的鲸鱼在等他们。罗弗兰登坐在阿尔塔薛西斯太太的膝上,等大家都在鲸背上坐定,他们就出发了。

所有的人都大声地说"再见!"说完了还小声地加一句:"总算摆脱掉垃圾了!"但这话说得也不算太轻。阿尔塔薛西斯就这样卸任了太平洋兼大西洋魔法师的职务。从那以后是谁为他们施魔法,我就不得而知了。我想,老普萨玛索斯和月仙已经商量出了结果,他们完全有能力胜任这项工作。

第五章

　　大鲸在一片宁静的海岸停了下来,这里离普萨玛索斯的海湾非常远。阿尔塔薛西斯对此不甚满意。阿尔塔薛西斯太太和鲸鱼留在了原地,巫师则把罗弗兰登揣在口袋里,步行了几英里,来到邻近的海滨小镇,用那套漂亮的天鹅绒衣服换了一套旧衣服、一顶绿帽子和一些烟草(这在街上引起了轰动)。他还为阿尔塔薛西斯太太买了一辆有篷盖的轮椅(可别忘了她有尾巴)。

　　"求你了,阿尔塔薛西斯先生。"下午他们又坐在沙滩上时,罗弗兰登再度开口。巫师正背靠在大鲸身上抽烟斗,看上去很久没这么高兴了,而且一点儿也不忙。"如果你不介意的话,能不能把我变回原来的体型?请把我变回原来的大小!"

　　"啊,没问题!"阿尔塔薛西斯说,"我还想着先打个盹儿再忙呢。不过无所谓。先把这事解决吧!我的……"说到这里,他突然停住了,因为他猛地想起自己在深蓝海底时把魔咒不是烧就是扔了。

他有些心烦意乱。他站起身来,把裤兜、马甲口袋、上衣口袋里里外外都翻了一遍,可就是找不到一点儿魔法的痕迹。(当然没有,这个傻老头。他太慌张了,甚至忘记了他在一两个小时前才从当铺里换来了那套衣服。事实上,这套衣服以前的主人是一个上了年纪的男管家,至少是这个人拿衣服来卖掉的,他肯定早就把口袋翻了个遍。)

巫师坐下来,用紫色手帕擦了擦额头,再度露出十分痛苦的神情。"我真的非常非常抱歉!"他说,"我从来都没想过让你一直这个样子。但现在没办法了。你就当这是个教训吧,不要再咬善良巫师的裤子了!"

"荒谬,无稽之谈!"阿尔塔薛西斯太太说,"还善良的巫师!要是你再不立刻把小狗变回原来的身材和大小,你就算不上什么善良的巫师。到时候我就回深蓝海的海底,再也不会回到你身边了。"

可怜的老阿尔塔薛西斯,看上去就像海蛇为祸时一样忧心忡忡。"亲爱的!"他说,"我很抱歉,但在普萨玛索斯插手这件事后(诅咒他!),我就给小狗下了我最厉害的反移除魔咒,也好让他知道知道,他不是无所不能的。我不想让沙巫师干扰我的私人娱乐,在海底清理东西的时候,我完全忘了要留点儿解药!我以前都把解药放在一个小黑袋子里,挂在我的工作室的门上。"

"天哪,天哪!我相信你们也会同意,我只是开个玩笑而已。"他转向罗弗兰登说,他愁得鼻子变得又大又红。

他不停地说"天哪,天哪,天哪!",边说还边摇头,胡须也随着乱晃。他根本没注意到罗弗兰登其实压根儿就没注意到他,而大鲸却在眨眼睛。阿尔塔薛西斯太太起身,来到她的行李跟前,哈哈大笑着拿出了一个黑色的旧袋子。

"现在别晃你的胡子了,干正事吧!"她说。但当阿尔塔薛西斯看到袋子时,他一时惊讶得什么也做不了,只是张大了嘴巴看着它。

"过来!"他的妻子说,"这是你的袋子,对吗?我从你在花园里堆的那堆讨厌的垃圾上把它捡了出来,还捡了其他几件属于我的小玩意。"她打开袋子往里看,巫师的魔法钢笔魔杖跳了出来,还有一团奇怪的烟雾也冒了出来,扭曲成奇怪的形状和面孔。

阿尔塔薛西斯总算回过神来了。"来,把它给我!你这样太浪费了!"他叫道。他一把抓住罗弗兰登的颈背,一下子把又踢又叫的罗弗兰登塞进了袋子里。然后他把袋子转了三圈,另一只手挥舞着钢笔,接下来……

"谢谢你!这样就行了!"他说着打开了袋子。

砰的一声巨响,瞧!看哪!袋子不见了,只剩下罗弗,他变回了那天早晨在草坪上初遇巫师时的样子。好吧,也许不完全一样。他的块头大了一点儿,毕竟他长大了几个月。

我根本描述不出罗弗有多么激动,描述不出在他看来所有的一切不光奇怪,还变小了,就连最古老的鲸鱼也是如此,也描述不出他感觉自己有多强壮和凶猛。有那么一会儿,他渴望地望着巫师的裤子。然而,他不愿意重蹈覆辙,便撒欢儿一样绕着圈子跑了一英里,叫得嗓子都哑了,回来后,他说:"谢谢你!"他甚至还加了一句"很高兴见到你",这次他表现得确实很有礼貌。

"没关系!"阿尔塔薛西斯说,"这是我施的最后一个魔法了。我要退休了。你最好现在就回家。我没有魔法可以送你回家了,所以你得走回去。但强壮的小狗走两步也累不着。"

于是罗弗说了再见,鲸鱼眨了眨眼睛,阿尔塔薛西斯太太给了他一块蛋糕。在此之后的很长一段时间里,这是他最后一次见到他们。很久很久以后,当他来到一个他以前从未去过的海边时,他终于知道他们怎么样了。他们就住在那里。当然不是鲸鱼,而是退休的巫师和他的妻子。

他们在那个海滨小镇定居下来,阿尔塔薛西斯化名为 A. 帕姆先生,在海滩附近开了一家卖香烟和巧克力的商店,但他非常非常小心,从不碰水(哪怕是淡水也不碰,他也不觉得这有什么困难)。对一个巫师来说,从事这一行没什么前途,但他至少设法清理了顾客丢在海滩上的乱七八糟的东西。他卖帕姆棒棒糖赚了很多钱,这种糖是粉色的,很黏。糖里面很可能有一点点魔法,不然孩子们也不会那么喜欢吃,即使糖掉在了沙子里,他们也会捡起来继续吃。

但是阿尔塔薛西斯太太,应该说是帕姆太太,挣到的钱要多得多。她经营洗澡帐篷和小货车,还教人游泳,她坐着白色小马拉的轮椅回家,下午还会戴上人鱼国王给她的珠宝。她变得非常有名,所以没有人提到她的尾巴。

然而,与此同时,罗弗正沿着乡间小路和高速公路缓慢前行，边走边嗅，嗅觉是所有狗的法宝，最终可以将他们带回家。

"那么，并不是所有月仙造的梦都会实现，这和他自己说的一模一样。"罗弗边走边想，"这个梦显然就没有实现。我甚至都不知道小男孩们住的地方叫什么，真遗憾。"

他发现，干燥的陆地对狗来说往往和月亮或海洋一样危险，尽管陆地枯燥无聊得多。一辆又一辆的汽车疾驰而过，车上都是同样的人（罗弗是这么认为的），都以全速（带着尘土和怪味）奔向某个地方。

"我相信他们中有一半人都不清楚自己要去哪里，为什么去，或者自己到了没有。"罗弗嘟囔着说，他不停地咳嗽，有些喘不过气。他的脚踩在黑硬的路上，又酸又累。于是他离开大路，走到了田野里。他经常漫无目的地去追鸟和兔子，好几次还和别的狗打了起来，不过他打得很愉快，还有几次，他碰到了大狗，便急忙撒丫子逃命。

就这样，在故事发生的几个星期或几个月（他无法说出具体的时间）后，他终于回到了自己家的花园门口。而那个小男孩竟然正在草坪上玩黄球！梦成真了，这大大出乎了罗弗的意料！

"罗弗兰登！"男孩大声叫道。

罗弗坐直身体，摆出一副乞求的姿势，却什么叫声也发不出来，小男孩吻了吻他的头，冲进屋里，喊道："我的'乞求小狗'回来了，他变大了，他是真的！"

男孩把这一切都告诉了祖母。罗弗怎么也想不到，原来他的主人一直都是小男孩的祖母。他只和她一起待了一两个月，就中了魔法。但我不知道普萨玛索斯和阿尔塔薛西斯对此知道多少。

祖母（她看到自己养的狗回来了，且小狗看起来状态不错，既没有被汽车撞坏，也没有被卡车压扁，她对此真的感到很惊讶）并不明白男孩到底在说什么。不过他把自己所知道的一切都告诉了她，还讲了很多遍。她费了好大劲儿（当然，她只是有点儿耳聋）才想明白，这条狗应该叫罗弗兰登，而不是罗弗，因为这个名字是月仙起的，她还明白过来，她不是他的主人，男孩才是他的主人，因为他的母亲把他和虾一起带回了家。（"好吧，亲爱的，你高兴就好。但我想他是我从园丁哥哥的儿子那里买来的。"）

当然，我没有把他们争论的全过程都讲出来，毕竟他们争论了很长时间，也很复杂，双方都是对的，而争论这种事便是如此。你只要知道，从那以后，人们都叫他罗弗兰登，男孩成了他的主人。等到男孩离开祖母家时，罗弗也跟着他回家了，曾几何时，他就坐在那所房子的五斗橱上。当然，他再也没有那样做过。他有时住在乡下，有时还住在海边悬崖上的白房子里。

他和老普萨玛索斯渐渐变得熟络起来，不过始终没有熟悉到可以省略"普"字的程度，但当他长成一条高大威严的狗时，他们也混得很熟了，他可以把巫师从沙子里挖出来，把他从睡梦中叫醒，跟他聊上很久很久。罗弗兰登的确变得非常聪明，在当地声名大噪，还经历过各种各样的冒险（其中很多次都是和男孩一起完成的）。

但我给你讲的那些经历是最不寻常和最刺激的。只有廷克表示她一个字也不相信。真是一只妒忌心很强的猫！

哈姆村农夫贾尔斯

Farmer Giles of Ham

Aegidii Ahenobarbi Julii Agricole de Hammo

Domini de Domito

Aule Draconarie Comitis

Regni Minimi Regis et Basilei

mira facinora et mirabilis exortus

用通俗的语言来说,则是:
《驯龙之主、驯龙宫伯爵和小王国国王农夫贾尔斯的崛起与奇妙历险记》

前言

关于这个小王国的历史,流传下来的只有只言片语,而且少之又少。但出于一个偶然的时机,这个王国的起源被保存了下来。也许那只是个传说,并非口述的史实,因为它显然是近期才进行的汇编,里面充满了奇闻逸事,而这些奇闻逸事并非出自严肃的编年史,而是出自作者经常引用的通俗民歌。对他来说,他所记录的事件早已成为遥远的过去,不过,他似乎一直生活在这个小王国的地界之上。他所展示的地理知识(这不是他的强项)都是与小王国有关的,而对于小王国以外的区域,无论是北部还是西部,他显然一无所知。

之所以把这个奇特的故事从不为人所知的拉丁语翻译成英国的现代语言,是因为可从中一睹英国历史上一段未知时期的生活,更不用说它为一些晦涩地名的起源提供了启示。有些人可能会发现书中主人公的性格和冒险经历本身就很有吸引力。

这个小王国的边界,无论是在时间上还是在空间上,都很难确定，毕竟证据太少。自从布鲁图斯[1]来到不列颠后，许多国王来来去去，许多王国兴起又衰败。洛克林、坎伯和阿尔巴纳特的分治[2]为今后许多不断变化的分治拉开了序幕。国王们一方面喜欢小国家的独立，另一方面又贪图扩大疆域，因此多年以来时而爆发战争，时而进入和平，时而欢乐弥漫，时而悲伤蔓延，不同的情景快速交替出现。正如亚瑟王统治时期的历史学家告诉我们的那样：这是一个边界经常变化的时代，人们可能突然崛起也可能突然覆灭，因而歌曲作家有了丰富的素材和热切的听众。我们要讲的事件就发生在那些漫长的岁月中，也许是在科尔国王[3]时代之后，但在亚瑟王或英国七大王国[4]之前。故事发生的地点是泰晤士河的山谷，向西北延伸到威尔士的城墙。

小王国的首都显然和我们的首都一样，位于东南角，疆界却很模糊。它似乎从来没有越过泰晤士河向西延伸，也没有越过奥特穆尔向北延伸，东部边界更是没有定数。在一个关于贾尔斯之

---

1 古罗马政治家。

2 英国12世纪历史学家蒙茅斯的杰佛里所作的《不列颠诸王史》中写道，曾有一个名叫布鲁图斯的特洛伊人，在特洛伊陷落后航行到不列颠，并从巨人种族手中征服了英格兰、威尔士和苏格兰。在他死后，布鲁图斯将他的征服物拆散，给他的三个儿子各留了一块：洛克林得到了英格兰，坎伯得到了威尔士，阿尔巴纳特得到了苏格兰。

3 科尔国王，英国历史传说中的人物，相传他可能是在罗马占据不列颠时期北不列颠凯尔特人统治者中的最后一位，也被认为是英国北部的第一位国王，英国12世纪历史学家蒙茅斯的杰佛里所作的《不列颠诸王史》中认为科尔是阿斯克勒皮奥多德国王统治之后的不列颠国王。

4 七大王国，公元5世纪到9世纪，由肯特王国、萨塞克斯王国（南撒克逊）、韦塞克斯王国（西撒克逊）、埃塞克斯王国（东撒克逊）、诺森布里亚王国、东盎格利亚王国和默西亚王国七个小王国组成的，位于英格兰的盎格鲁-撒克逊部落的非正式联盟。

子乔治乌斯和他的侍从苏韦陶里留斯（苏特）的零碎传说中，有迹象表明，曾经在法尔辛霍有一个对抗中央王国的前哨。但这种情况与本故事无关。本故事未经修改，也没有加进一步的注解，只把原来很浮夸的标题适当地进行了缩减，成为《哈姆村农夫贾尔斯》。

哈姆村农夫贾尔斯

埃吉迪乌斯·德·哈莫是一个生活在不列颠岛中部的人。他的全名是埃吉迪乌斯·阿希诺巴布斯·朱利叶斯·阿格里科拉·德·哈莫。在很久以前的时代，人们的名字都很长，不列颠岛则分成了许多不同的王国。那时候时间多，人少，大多数人都很有名望。不过，那个时代早已飘然远去，而我将在下文中使用一个简短通俗的名字来称呼这个留着红胡子的人：哈姆村农夫贾尔斯。哈姆只是一个小村庄，但在那个年代，村庄仍然有着自己的骄傲，也是独立的。

农夫贾尔斯有一只狗。这只狗的名字叫加姆。小狗们有个简短的白话名字就该满足了，他们的主人才能用拉丁语的长名字。加姆甚至不会说狗语里的拉丁语，但他会用通俗的语言（就像他那个时代的大多数小狗一样）欺负人、吹牛或哄骗人。他欺负的是乞丐和闯入者，炫耀的对象则是其他小狗，而他哄骗的，则是他的主人。加姆既把贾尔斯视为骄傲，又很害怕他，因为贾尔斯比他更会欺负人，更会吹牛。

那个时代不是忙乱的时代。忙碌、喧嚣与个人的事务无关。远离喧闹，人们照样能把活儿干好。只要把工作做好，把话说通，也能做成很多事。有很多可谈的话题，毕竟经常会发生令人难忘的事件。但在这个故事开始的时候，事实上在很长一段时间里，哈姆村都没有遇到任何值得纪念的事了。这正合农夫贾尔斯的心意，他这个人做起事来慢条斯理，有自己的行事风格，还只关心自己的事。（他说）他忙里忙外，这才能勉强维持生计，也就是说，要让自己像他的父亲一样心宽体胖，过舒服的日子。小狗加姆则忙着帮助他。他们两个的心里只有他们的田地、村庄和最近的那个集市，并不怎么在意外面的广阔世界。

但是广阔的世界就在那里。森林就在不远处，西边和北边是野山丘，还有危险的山区边界地区。当时有许多仍可自由行动的生物，其中就包括巨人，他们粗鲁、没有文化，有时还喜欢制造麻烦。有个巨人尤其如此，他比同伴们块头更大，行动起来也更笨拙。我在历史文献中找不到他的名字，但这无关紧要。他非常高大，他的手杖像一棵树，脚步极为沉重。他拨开榆树，就像在拂开野草。他走在路上，路面尽毁，他走过花园，植物都被踩得一塌糊涂，他的大脚踩出来的脚印像井一样深。要是他撞上房屋，那必定房倒屋塌。他走到哪里，就会破坏到哪里，因为他比房顶高出许多，又控制不了脚下的步伐。他是近视眼，耳朵还不好使。幸运的是，他住在遥远的荒野里，很少去那些有人类居住的地方，至少不是故意去的。他在山上有一座摇摇欲坠的大房子，但他又聋又笨，巨人的数量又很少，所以他没几个朋友。他常常独自一人在野山丘和大山脚下的空地上游荡。

在一个晴朗的夏日，巨人出去散步，他漫无目的地到处闲逛，在树林里造成了很大的破坏。突然，他注意到太阳正在落山，晚餐时间已经快到了，他却发现自己迷了路，来到了一个完全陌生的地方。他朝着自认为是对的方向一直走，就这样走到了天黑。他只好坐下来等待月亮升起。月光洒下，他走啊走啊，很有决心地迈着大步，急切地想要回家。他最好的铜壶还放在火上烧着，他担心壶底会被烧穿。但他越走越远离群山，已经到了有人类居住的地方。事实上，他正走近埃吉迪乌斯·阿希诺巴布斯·朱利叶斯·阿格里科拉的农场，以及那个叫哈姆的村庄（通俗的叫法）。

夜空十分晴朗。奶牛在田野里吃草，农夫贾尔斯的狗私自跑出去散步了，他非常喜欢在月光下追兔子。当然，他不知道有个巨人也出来散步了。那样他就有了一个擅自偷摸溜出去的好理由，但这也可以让他更有理由乖乖待在厨房里不出来。大约在夜里两点钟的时候，巨人来到了农夫贾尔斯的田野，撞破了篱笆，践踏了庄稼，踏平了牧草地。仅仅五分钟，他就造成了巨大的破坏，比皇家猎狐活动五天所造成的破坏还要多。

加姆听到河岸传来砰的一声巨响，便跑到农舍所在的小山丘的西侧，想看看发生了什么事。突然，他看见巨人大步跨过河，踩在农夫最喜欢的奶牛加拉西亚身上，把这头可怜的牲口踩成了肉泥，就像农夫本人踩扁黑甲虫一样。

这情景对加姆来说超出了他的承受能力。他吓得大叫一声，立马飞奔回家，完全忘了自己是偷溜出来的。他跑到主人卧室的窗下不停地吠叫。很长一段时间都没人搭理他。要想把睡着了的农夫贾尔斯叫醒，还真不是容易的事。

"救命！救命！救命啊！"加姆喊道。

窗户突然开了，一只瓶子飞了出来，而且瞄得很准。

"噢！"狗说着，熟练地跳到一边，"救命！救命！救命啊！"

农夫把头探了出来。"你又不乖了！你在干什么？"他说。

"没什么。"狗说。

"看我怎么教训你！明天早上我要把你的皮剥下来。"农夫说着，砰的一声关上了窗户。

"救命！救命！救命啊！"狗叫道。

贾尔斯的脑袋又探了出来。"你再闹出动静，我就宰了你。"他说，"你怎么啦，你这个傻瓜？"

"没什么。"狗说，"可你要倒大霉了。"

"什么意思？"贾尔斯说道，他又怒又惊。加姆在他面前从来没有这么无礼过。

"有个巨人进了你的田野，那个巨人可高可大了。现在他往这边来了。"狗说，"救命！救命啊！他把你的羊都踩死了。他把可怜的加拉西亚踩在脚下，把她踩扁了。救命！救命啊！他冲破了你所有的篱笆，毁坏了你所有的庄稼。你得拿出你的胆量，快点行动，主人，不然很快就什么都不剩了。救命啊！"加姆开始号叫起来。

"闭嘴！"农夫说着关上了窗户，"老天可怜可怜我吧！"他自言自语道。夜晚很暖和，他却有些浑身发抖。

"回去睡觉吧，别犯傻了！"他的妻子说，"明天早上就把那条狗淹死。没必要相信狗说的话。他们被人撞破偷溜或偷东西时,就会胡说八道。"

"可能是吧,阿加莎。"他说,"也可能不是。但我的田野里确实出事了,不然的话就是加姆出了什么问题,他吓得魂儿都飞了。他明明可以在早上从后门溜进来喝牛奶,为什么还要在夜里叫个不停?"

"别站在那儿争论了!"她说,"你相信这条狗的话,那就听从他的劝告,拿出勇气,快点行动!"

"说起来容易做起来难。"贾尔斯回答说。事实上,他对加姆的话只是半信半疑。巨人似乎不太可能在夜深人静的时候出现。

不过,财产就是财产。农夫贾尔斯通常都把闯入者整得很惨,很少有人能抵挡得住。于是他穿上马裤,下楼来到厨房,从墙上取下了一支喇叭形前膛枪。有些人可能会问什么是喇叭形前膛枪。事实上,据说有人曾向奥克森福德的四位贤士提出过这个问题,他们想了想后,给了这样的回答:"喇叭形前膛枪是一种大口径的短枪,可发射许多弹丸或子弹,能够在有限的射程内射中目标,而不需要精确瞄准。(现在在文明国家它已被其他火器所取代。)"

然而,农夫贾尔斯的喇叭形前膛枪有一个像喇叭一样张开的大嘴,它发射的不是弹丸或子弹,而是任何他能塞进去的东西。这支枪还没发射过,他很少装子弹,也从未开过一枪。通常只要让对方看到它,他的目的就能达到了。喇叭形前膛枪还没有被淘汰,可见这个国家还没有开化。喇叭形前膛枪的确是当时唯一的一种枪,而且相当罕见。人们更喜欢用弓箭,火药主要用于燃放烟花。

农夫贾尔斯把前膛枪取了下来，放了许多火药，以备需要采取极端措施时用。他又往大喇叭口里塞了很多旧钉子、铁丝、破罐子的碎片、骨头、石头和其他废旧物品。然后他穿上高筒靴和大衣，穿过菜园走了出去。

月亮低低地挂在他身后，除了灌木丛和树木长长的黑影，他什么也看不见，但他能听到山坡上传来可怕的跺脚声。不管阿加莎怎么说，他觉得自己不光拿不出勇气，也不想快点儿展开行动。但他更担心自己的财产，甚至把自己的生死都置之度外了。于是他壮着胆子朝山顶走去。

突然，巨人的脸从山顶边缘露了出来，在月光的映照下显得很苍白，大大的圆眼睛闪闪发光。巨人的脚仍在山下，在田野里踩出了一个个大坑。月亮照得巨人眼花缭乱，他没有看见农夫，但是农夫贾尔斯看见了他，被吓得魂不附体。他不假思索地扣动了扳机，前膛枪发出了一声惊人的巨响。所幸枪或多或少地对准了巨人那张丑陋的大脸。各种废旧物品一股脑儿地飞了出去，石头、骨头、碎瓦片、铁丝和半打钉子相继飞出。由于目标确实很近，再加上运气使然，许多东西都击中了巨人。一块破罐子的碎片扎进了他的眼睛里，一根大钉子扎到了他的鼻子。

"该死！"巨人用粗俗的腔调说道，"有东西蜇了我！"枪支发射的声音对他没有任何影响（他的耳朵很不好使），但他不喜欢挨钉子扎。他已经很久没有遇到凶猛到能刺穿他的厚皮的昆虫了。但他听说，在遥远东方的沼泽地里，有一种蜻蜓的嘴就像火热的钳子，咬起人来很疼。他想他一定是碰到了这种东西。

"这显然对我的身体有害,"他说,"今晚我不能再走这边了。"

于是他从山坡上抓了几只羊,准备带回家当点心,然后又过了河,大步地朝偏西北方向前进。他终于走对了方向,找到了回家的路。但是,铜壶的壶底还是被烧穿了。

至于农夫贾尔斯,前膛枪一响,他就在后坐力的作用下仰面摔倒在了地上。他躺在那里,望着天空,想着巨人经过时会不会踩到自己。但什么也没发生,沉重的脚步声消失在了远处。于是他站了起来,揉了揉肩膀,捡起了前膛枪。突然,他听到了人们欢呼的声音。

哈姆村的大多数人都从窗户往外看,还有几个人穿上衣服出来了(在巨人走后),有些人正喊叫着向山上跑去。

村民们听到了巨人可怕而沉重的脚步声,大多数人立刻钻进了被窝,有些则钻到了床底下。但加姆对主人是又敬又怕。每次主人生气,他觉得他既可怕又了不起。他自然认为巨人也是这么以为的。所以,他一看见贾尔斯拿着前膛枪出来(这通常表示他气坏了),他就跑进了村子里,汪汪叫个不停,大声喊道:

"出来!出来!出来!起来!起来!来看看我的主人有多厉害吧!他不光胆子大,行动还很快。有个巨人擅自闯了进来,他要请他吃枪子了。出来啊!"

从村里的大多数房子里都能看到山顶。当人们和狗看到巨人的脸出现在上方时,他们都吓得屏住了呼吸。除了狗之外,其他人都认为这巨人对贾尔斯来说太大了,他根本就应付不了。接着传来一声巨响,巨人突然转身走了,他们既惊奇又高兴,忍不住鼓掌欢呼,加姆叫个不停,把嗓子都喊哑了。

"万岁!"他们喊道,"这下可让他吃瘪了!埃吉迪乌斯大人真是好好教训了他一顿。现在他要回家去,只剩下死路一条了,他活该。"他们又一起欢呼起来。但即使在欢呼的同时,他们也会顾着自己,毕竟那支前膛枪真的可以开火。关于这一点,村里的酒馆里曾有过争论,但现在结论出来了。从那以后,再也没有人敢擅自闯入农夫贾尔斯的田野了。

等到情况看起来安全后,一些胆子大的人便径直走上山来,和农夫贾尔斯握手。牧师、铁匠、磨坊主,还有一两个重要人物,拍了拍他的背。贾尔斯并不觉得高兴(他的肩膀很痛),但他觉得有必要邀请他们去家里做客。众人围坐在厨房里为他的健康干杯,大声称赞他。他不想掩饰自己的哈欠,但只要酒局还在继续,他们就注意不到他。等他们都喝了一两杯(农夫也喝了两三杯)后,他开始觉得自己的胆子变大了。当他们都喝了两三杯时(他自己也喝了五六杯),他觉得自己和他的狗所想的一样勇敢。他们友好地告了别,农夫重重地拍打着他们的后背。他的手又大又红又粗,这也算报复了一下。

第二天,他发现这件事传得越来越广,他也成了当地的大人物。到了第二个星期,这个消息已经传遍了方圆二十英里内的所有村庄。他成了乡村英雄。他觉得这可真是件美事。到了下一个赶集日,有很多人请他喝酒,那些酒多得足以浮起一艘船。他喝得醉醺醺的,唱着古老的英雄歌曲回了家。

最后,就连国王也听说了这件事。在那些幸福的日子里,那个王国的首都，也就是岛上的中央王国，离哈姆有二十里格[1]远，所以朝廷里的人通常很少注意外省乡下人都做了什么。但是，有人如此迅速地驱逐了一个能造成巨大破坏的巨人，这似乎值得注意，也值得礼貌相待。于是，在合适的时候，也就是大约三个月后，在圣米迦勒节[2]那天，国王送来了一封措辞华丽的信。它是用红字写在白色羊皮纸上的，表达了皇室对"忠诚的臣民，深受爱戴的埃吉迪乌斯·阿希诺巴布斯·朱利叶斯·阿格里科拉·德·哈莫"的认可。

信上的署名是一个红点。但宫廷书记员补充了一段话：

ego Gugustus onifatius Ambrosius Aurelianmus Antoni-nuspius et Alagnifirus, bux rex, tprannus, et Basileus flebiterranearum partium, substribo；

上面还附着一个大大的红色印章。由此可见，这封嘉奖信是真的。贾尔斯收到信后开心极了，也受到了很多人的称赞，人们还发现，只要提出看信，就可以得到邀请，在农夫家的火堆旁坐下来喝一杯。

比嘉奖信更好的是附带的礼物。国王赐给农夫一条腰带和一把长剑。说实话，国王本人从未使用过这把剑。这把剑属于王室家族，一直挂在军械库里无人问津。军械师也说不出剑的来历、

---

[1] 旧时长度单位，约等于5000米。
[2] 圣米迦勒节，纪念天使长米迦勒的节日，西方教会定于9月29日，东正教会定于11月8日。

有什么用。当时，像这种普通的重剑在宫廷里已经不流行了，国王觉得适合把它当作礼物送给乡下人。不过农夫贾尔斯倒是很高兴，他在当地的名声更响亮了。

贾尔斯很喜欢事态接连发生的转折。他的狗也一样，本来主人说要揍他，但他还是逃过了一劫。贾尔斯自认为是个正直的人，他在心里把相当一部分功劳归了加姆，虽然他嘴上从来没有提到这一点。他在有必要的时候还是会对狗说一些难听的话，用硬东西丢他，但许多次加姆偷溜出去，他都没有计较。于是加姆可以自由自在地溜达到很远的田野里。农夫迈着大步走来走去，幸运之神向他微笑。秋天和初冬在平稳中度过。一切似乎都很顺利，直到恶龙来了。

在那个时代，岛上已经没有多少龙了。在奥古斯都·博尼费修斯统治的中部王国，有很多年没有见过龙的身影了。当然，西边和北边有一些可疑的边界地区和无人居住的山脉，但那些地方离得很远。很久以前，在这些地方住着许多龙，它们形态各异，四处劫掠。但是，在那个时代，中央王国出了很多有名的国王骑士，他们骁勇善战。许多离群的龙不是死在他们手下，就是受了重伤，所以其他的龙也纷纷离开，不再住在那里。

在国王的圣诞宴会上，龙尾仍然是一道传统菜肴。每年都会选出一名骑士来执行猎龙任务。这位骑士要在圣尼古拉斯节[1]那

---

1 圣尼古拉斯节，欧洲的传统节日，传说每年的 12 月 6 日，尼古拉斯都会给孩子们带来糖果和小礼物，而他的随从克拉普斯（Krampus）则会惩罚那些这一年中做了坏事的孩子。

天出发，最晚在宴会前夜带着龙尾返回。而多年来，御厨会制作一种奇妙的甜点，用蛋糕和杏仁糊做成假龙尾，上面还巧妙地铺上了硬糖做成的鳞片。被选中的骑士在平安夜把假龙尾带进大厅，同时小提琴和喇叭齐齐奏响。在圣诞节的晚餐后，人们会把假龙尾吃掉，每个人都说（好哄厨师高兴）它比真龙尾好吃多了。

就是在这样的时候，一条真正的龙再度现世。这在很大程度上和前面提到的巨人有关。那次冒险后，他常到山里去拜访散居的亲戚，比平时去得都要勤快，搞得亲戚们不胜其烦。他总想找人家借大铜壶。不过，不管能不能借到，他总是坐着不走，笨拙地长篇大论，谈论着遥远东部的那片美丽乡村，以及广阔世界里的种种奇观。他觉得自己是一个伟大且大胆的旅行家。

"真是个好地方啊，"他这么说，"很平坦，脚踩在地上感觉很软，有很多吃的，你知道的，到处都是奶牛和羊，只要仔细看，就很容易发现。"

"可是人类呢？"其他巨人问。

"我倒是没见到他们。"他说，"亲爱的伙计们，在那里根本看不到骑士的影子，也听不到骑士的声音。最糟糕的情况，也就是河边有几只蜇人的苍蝇。"

"你为什么不回去，留在那里呢？"他们问。

"唉，人们都说哪里也没有家好。"他道，"不过，也许有一天我想去了，就会再去的。不管怎么说，我去过一次，这就比大多数人都强了。现在说说铜壶吧。"

"那么，这么富饶的土地，"亲戚们赶紧问，"这么美好的地方，到处都是无人保护的牛群的地方，到底在哪里？有多远？"

"啊，"他答道，"往东或东南走，但要走上很久。"接下来，他就会夸大其词地讲述他走了多远，穿过了哪些树林、山丘和平原，还说其他腿不那么长的巨人都没这么走过。尽管如此，他所说的话还是传开了。

温暖的夏天过去了，严冬来临。山上非常寒冷，食物也很匮乏。于是巨人的话就传得更广了。低地的羊和深牧场的牛成了大家口中常谈论的话题。恶龙们竖起了耳朵。他们很饿，这就让传闻更有吸引力了。

"这么说，压根儿就没有骑士了！"年纪小又没有经验的龙说，"我们一直都是这么以为的。"

"至少骑士是越来越少了。"岁数大一点儿，也比较聪明的龙这么想，"骑士人少，又离得远，没什么可怕的了。"

有一条龙听了这个故事，便动了心。他的名字叫克莱索菲拉克斯·斐斯，有着古老的皇族血统，非常富有。他狡猾、好奇、贪婪，身上的鳞甲非常坚硬，只是胆子并不大。但无论如何，苍蝇啦，任何种类或大小的飞虫啦，他是不怕的，况且他的肚子都饿瘪了。

于是，在圣诞节前一周的一个冬日，克莱索菲拉克斯展开翅膀，飞了起来。夜半时分，他悄悄地降落在奥古斯都·博尼费修斯统治的中部王国。不过是片刻工夫，他就造成了很大的破坏，他东闯西撞，喷火焚烧，很多羊、牛和马都进了他的肚子。

这个地方距离哈姆村非常远，但加姆还是吓得不轻。他这次跑出去玩了很久，仗着主人的偏爱，壮着胆子出去了一两天都没回来。这一天，他闻到了一股诱人的气味，便沿着树林的边缘往前追踪，他走着走着拐了个弯，突然闻到了另一种可怕的气味。就这样，他一头撞到了刚降落的克莱索菲拉克斯的尾巴上。加姆立即掉头往家跑，没有哪条狗的速度能超过他。恶龙听到了他的叫声，便转过身来，哼了一声。但加姆已经跑远了，龙火烧不到他。他跑了一整夜，在早饭时间前后回到了家。

"救命！救命！救命啊！"他在后门外大喊起来。

贾尔斯听到了，觉得很烦。这提醒他，当一切看起来都很顺利的时候，意外就会出现了。

"老婆，让那条调皮的狗进来，"他说，"再给他一棍子！"

加姆冲进厨房，满眼惊恐的神情，舌头耷拉在外面。"救命啊！"他叫道。

"这回你又想干什么？"贾尔斯说着，朝他扔了一根香肠。

"没什么。"加姆喘着气说，他太慌张了，根本顾不上吃香肠。

"那就别捣乱，不然我就剥了你的皮。"农夫说。

"我没有做错什么。我没有恶意。"狗说，"但我不小心碰到了一条龙，真要吓死了。"

农夫正在喝啤酒，闻言呛了一下。"龙？"他说，"你这个没用的东西，专爱管闲事！在这个时节，我忙得不可开交，你居然去找龙？龙在哪里？"

"啊！在北边，过了山丘还要走很远，一直过了竖石就是了。"狗说。

"噢，有那么远啊！"贾尔斯说着大大地松了一口气，"我听人说，住在那一带的人都怪里怪气的，他们那儿什么事都可能发生。让他们继续受着吧！别拿这种故事来烦我。滚出去！"

加姆离开家，把消息传遍了全村。他还不忘说一句自己的主人一点儿也不害怕。"他很冷静，居然还能继续吃早饭。"

人们在家门口愉快地谈论着这件事。"过去的时代好像又出现了！"他们说，"正巧赶上圣诞节快到了，太应时了。国王肯定会非常开心！今年圣诞节他可以吃上真正的龙尾巴了。"

但是第二天传来了更多的消息。这条龙似乎特别大，特别凶猛。他造成了极为严重的破坏。

"国王的骑士们打算怎么办？"人们问道。

其他人已经问过同样的问题了。事实上，受克莱索菲拉克斯影响最严重的村庄派出的使者已经去觐见国王了，他们鼓起勇气尽可能大声地问国王："陛下，您的骑士们打算怎么办？"

可骑士们什么也没做。他们知道有龙为祸人间，但还没有得到官方的通知。于是，国王正式详尽地通知了他们，要求他们尽早采取必要的行动。可当他发现骑士们一点儿也不着急，每天都往后拖延时，他非常不高兴。

然而，骑士们的理由无疑很说得通。首先，御厨已经为圣诞节做好了龙尾，因为他相信应及时把事情做好。如此一来，在最后一刻把一条真正的尾巴带来，肯定会得罪他，那可不太好。毕竟，他是一个非常重要的仆人。

"别管尾巴了！那就砍下龙头，结果他的性命！"从受损最严重的村庄来的信使喊道。

但圣诞节已经到了,最不凑巧的是,圣约翰节那天有一场盛大的比武大会,许多王国的骑士都受邀来参加,他们将在场上比试,争夺非常重要的奖品。如今比武还没结束,就把中部最好的骑士派去猎龙,显然并不合理。

而那之后就是新年假期了。

但恶龙每天晚上都没闲着。他每换一个地方,都更靠近哈姆村一点儿。在新年第一天的夜里,人们可以看到远处有火光。恶龙已经到了十英里外的树林,正在起劲儿地喷火,烧毁一切。这条龙心情好就会喷火。

从那以后,人们开始频频把目光投向农夫贾尔斯,在他背后窃窃私语。这使他感觉很不自在,但他假装没注意到。第二天,龙又近了几英里。农夫贾尔斯自己也开始大声谈论国王的骑士们所引起的公愤。

"我倒想知道他们这个样子,怎么混得下去!"他说。

"我们也想不明白!"哈姆村的人都说。

但磨坊主又补充道:"我听说,有些人仍然只靠自己的丰功伟绩获得骑士的封号呢。说起来,我们的好埃吉迪乌斯已经是个骑士了。国王不是奖励了他一封红信和一把剑吗?"

"骑士身份不仅仅是一把剑。"贾尔斯说,"还要举办授衔仪式呢,至少我是这么理解的。反正我还有自己的事要办。"

"啊!不过我相信,如果请国王授衔的话,他一定会答应的。"磨坊主说,"趁现在还来得及,我们去问问他吧!"

"不要!"贾尔斯说,"我这种人不配受封骑士。我是一个农夫,并为此感到自豪。我就是个普通人,老实又本分,人们都说,老实人在宫廷里是会吃亏的。你更适合当骑士,磨坊主老爷。"

牧师笑了笑,他笑不是因为农夫的反驳,而是因为贾尔斯和磨坊主就喜欢斗嘴,按照哈姆村人的说法,他们是死敌。牧师突然灵机一动,想到了一个他觉得很不错的主意,但当时他没有再说什么。磨坊主不怎么高兴,眉头皱成了一个疙瘩。

"普通是普通,可是不是老实本分,就难说了。"他说,"但是,你一定要先去宫廷受封骑士,才能动手杀龙吗?你需要的只有勇气,昨天我还听到埃吉迪乌斯老爷这么说呢。他肯定和骑士一样有勇气吧?"

站在旁边的人都喊道:"当然了!没错!为哈姆村的大英雄欢呼三声!"

农夫贾尔斯回到家,心里很不痛快。他发现,要想维持自己在当地的名声,就得拿出点儿真本事,只是眼下这事太棘手了。他抬腿踢了狗一脚,把剑藏在了厨房的橱柜里。在此之前,剑一直挂在壁炉上方。

第二天,龙到了隔壁的奎尔瑟顿村(通俗的叫法是奥克利村)。他不仅吃了羊、牛和一两个幼童,还把牧师吃掉了。牧师未免有些轻率,居然想劝恶龙改邪归正。就这样,一切都乱了套。哈姆村的村民都跟着他们的牧师上了山,等着农夫贾尔斯采取行动。

"我们都指望你了!"他们说。他们一直站成一圈看着,把农夫盯得满脸通红,甚至比他的胡子还红。

"你什么时候动身?"他们问。

"唉,今天是走不了了,这也是没办法的事。"他说,"我还有很多事要做,牛仔病了,我得亲自去放牛。"

村民们离开了。但到了晚上,有传言说恶龙更近了,所以他们又回来了。

"埃吉迪乌斯老爷,你就是我们唯一的依靠了。"他们说。

"好吧,"他说,"现在情况很麻烦。我的母马跛了,还有羊在下崽子。我会尽快把事情办妥的。"

于是他们又走了,只是边走边抱怨和窃窃私语。磨坊主在窃笑。牧师留了下来,而且很不好糊弄。他不请自来,留下来吃晚饭,还说了一些很尖刻的话。他甚至问剑到哪里去了,还非要看一看。

长剑就放在橱柜里的架子上,只是架子不够长,长剑要斜着放才能放开。农夫贾尔斯一把它拿出来,剑身就从剑鞘里掉了出来,农夫立刻撒手,好像剑太烫了似的。牧师一跃而起,还打翻了啤酒。他小心翼翼地拿起宝剑,想把它插回剑鞘里。但是,剑身只插进去一英尺便不动了,他的手刚从剑柄上移开,剑身就又掉了出来。

"老天!这可真奇怪!"牧师说着仔细地看了看剑鞘和剑身。他是个博学广识的人,但是农夫只能吃力地拼出几个安色尔字体[1]字母,甚至连自己的名字也不大认识,因此从来没有注意到剑鞘和剑上隐约可见的奇怪字母。至于国王的军械师,他对剑和

---

[1] 安色尔字体,一种圆润的连笔字母,常用于《圣经》文本。

剑鞘上的如尼文[1]、名字和其他象征力量和意义的符号早就习以为常,根本懒得去想。反正他觉得它们已经过时了。

但是牧师看了很久,他的眉头紧紧皱着。他原以为会在剑身或剑鞘上发现一些文字,他前一天想到的便是这一点。但此时此刻,对于自己所看到的一切,他惊诧不已,剑身和剑鞘上确实有字母和符号,但他看不懂。

"剑鞘上有铭文,剑身上还能看到一些……符号。"他说。

"真的吗?"贾尔斯说,"那是什么意思?"

"文字都是古体,是很原始的语言。"牧师为了争取时间说,"需要更仔细地研究一下。"他请求农夫把剑借给他回去研究一夜,农夫欣然同意了。

牧师回到家,从书架上取下许多深奥的书籍,一直研究到了深夜。第二天早上,人们发现龙又近了一些。哈姆村的村民纷纷闩上门,关上窗户。家里有地窖的人就会躲在地窖里,在烛光下瑟瑟发抖。

但是牧师偷偷溜了出来,挨家挨户地走,把他在书房里的发现告诉了所有愿意从门缝或钥匙孔听的人。

"蒙国王的恩典,"他说,"我们的好埃吉迪乌斯现在是考迪莫达克斯的主人了。考迪莫达克斯是一把名剑,在通俗的爱情故事中,它有个更为通俗的名字,叫断尾剑。"

那些听到这个名字的人,通常都会打开门。

---

1 如尼文,公元 2 世纪到 8 世纪间广泛流行于北欧及日耳曼人之间的一种字母文字。

断尾剑的名声可是响当当的,他们都有所耳闻。这把剑曾经属于王国里最厉害的屠龙者贝洛马留斯。有记载说他是国王的曾曾祖父。有很多歌曲和故事歌颂他的丰功伟绩,即使他在宫廷里已被人遗忘,但村庄里也还有人记得。

"说到这把剑,"牧师道,"只要五英里范围内有龙出没,剑身就不会插在剑鞘里。毫无疑问,要是有个勇士执剑屠龙,没有哪条龙能抵挡得住。"

听了这话,人们又开始振作起来。还有一些人打开窗户,把头伸出来。最后,牧师说服了几个人随他一起行动。但只有磨坊主是发自本心地愿意走这一遭。他想看到贾尔斯陷入困境的窘样,因此冒险也是值得的。

他们上了山,焦急地望着北方的河对岸,没有发现龙的踪迹。也许他睡着了。整个圣诞节期间他吃得肚皮都要被撑破了。

牧师(和磨坊主)敲了农夫的家门。没人应门,于是他们更用力地敲了敲。终于贾尔斯出来了。他的脸很红。他也熬到深夜才睡,还喝了很多啤酒,一起床就又开始喝酒。

众人将他团团围住,说他是"好埃吉迪乌斯""勇敢的阿希诺巴布斯""伟大的朱利叶斯""坚定的阿格里科拉""哈姆村的骄傲""乡村的大英雄"。他们谈到了考迪莫达克斯、断尾剑、不肯入鞘的剑、死亡或胜利。他们还说到了自耕农的荣耀、国家的脊梁、同胞的利益,吵得农夫头昏脑涨。

"好了!一个一个说!"他一得机会便说道,"怎么了,这是怎么了?你们很清楚,今天上午我很忙。"

于是众人让牧师来解释。磨坊主很高兴看到农夫像他以为的那样有了大麻烦。然而，事情的结果却与磨坊主所期望的不同。首先，贾尔斯喝了很多烈酒。其次，当他得知那把剑就是断尾剑的时候，心里涌起了一股异样的感觉，他很骄傲，也备受鼓舞。他从小就非常喜欢贝洛马留斯的故事，在懵懂的年纪，他有时盼着自己也能拥有一柄神奇的英雄宝剑。所以他突然决定要带着断尾剑去猎龙。但他习惯了讨价还价，便再次试图向后拖延。

"什么！"他说，"我去猎龙？穿着我的旧绑腿和马甲？据我所知，与龙战斗，还要穿盔甲。我家里可没有盔甲，这是事实。"他说。

人们一致赞同这确实是个有点儿棘手的问题，便派人去找铁匠。铁匠摇了摇头。他做事很慢，性格沉郁，他的白话名字是阳光山姆，而他真正的名字是法布里丘斯·康克托。他工作时从不吹口哨，除非他预言的灾难（比如五月的霜冻）真的发生了。他每天都在预言各种各样的灾难，所以几乎没有什么事情是他预言不到的，他因此觉得自己有真本事。预言成了他最大的乐趣，叫他不要预言灾难，他自然千百个不乐意。他又摇了摇头。

"我不能凭空造出盔甲来，"他说，"这也不是我的本行。你们最好让木匠做个木盾牌。只是这也没什么用处。毕竟那条龙会喷火。"

人们闻言都很沮丧。然而磨坊主不会轻易退缩，按照他的计划，只要贾尔斯愿意，他就要送他去屠龙，即便他最后拒绝了，那他在当地的名声也化为泡影了。"锁子甲行吗？"他说，"穿上也能顶点儿用，况且也不需要多好。只要屠龙的时候好使就行，又不是为了在宫廷里炫耀。你的旧皮衣呢，老友埃吉迪乌斯？铁匠铺里有一大堆链环。我估摸法布里丘斯老爷本人也不清楚铺子里都有什么。"

"你根本就不知道自己在说些什么。"铁匠高兴起来,说道,"你说的要是真正的锁子甲,那根本就不可能做出来。只有矮人才有这个手艺,每个小圆环都要和其他四个圆环扣在一起。就算我有这个能耐,也要几个礼拜才能做出来。可在那之前,我们早就死了。"他说,"最起码也是进了恶龙的肚子。"

人们都惊愕地绞着双手,铁匠露出了微笑。可现在人们惊慌到了极点,不愿放弃磨坊主的计划,于是向他寻求建议。

"好吧,"他说,"我听说,过去有些人从南方买不到闪亮的锁子甲,就把钢环缝在皮衣上,觉得这样也够用。我们看看这个办法行不行得通吧。"

于是贾尔斯不得不拿出自己的旧外套,铁匠则匆匆赶回铁匠铺取东西。在那里,人们翻遍了每一个角落,把许多年没人动过的成堆旧金属翻了个遍。被磨坊主料中了,他们在最底下发现了一大堆锈迹斑斑的小圆环,它们是从某件被人遗忘的外套上掉下来的。这项任务现在充满了希望,铁匠山姆却变得不太情愿,也更沮丧了。他立即开始工作,收集、分类和清洗圆环。(他很高兴地指出)埃吉迪乌斯老爷胸背宽厚,这些圆环显然不够用,于是人们就叫他把旧铁链拆开,再发挥他的手艺,打成结实的圆环。

他们把小一些的钢环缝在外套的胸前,把大一些的、较为粗笨的钢环缝在背后。可怜的山姆被逼无奈,又找出了一些圆环,人们又拿了农夫的一条马裤,把圆环缝在裤子上。在铁匠铺阴暗角落的架子上，磨坊主找到了一个旧的头盔铁架，他让鞋匠动手，尽量用皮革覆盖住头盔。

这活儿花了他们当天剩下的时间，以及第二天整整一日，这天是第十二夜，即主显节[1]的前夜。可人们根本没心思举办庆祝活动。农夫贾尔斯喝了很多啤酒来庆祝节日，不过好在龙睡着了，他暂时把饥饿和刀剑忘得一干二净。

在主显节的早晨，人们带着他们做出来的怪里怪气的手工艺品上了山。贾尔斯正等着他们。他现在没有借口了。于是他穿上了锁子甲皮外套和马裤。磨坊主忍不住窃笑起来。贾尔斯又穿上高筒靴和一双旧靴刺，还戴上了皮头盔。但在最后一刻，他把一顶旧毡帽套在了头盔上，又把他那件灰色的大斗篷披在锁子甲外面。

"你这是干什么，大人？"人们问。

"是这样的，"贾尔斯说，"要是你认为猎龙就像在坎特伯雷敲钟，一路叮叮当当过去，那我可不敢苟同。在我看来，早早让龙知道你沿路过来了，实在不是什么聪明的举动。还有，头盔就是头盔，充满了挑衅，一看就是来战斗的。不如就让恶龙只看到我的旧帽子露在树篱上方，那样在麻烦出现之前，我还能靠得更近些。"

人们缝制圆环的时候是将圆环重叠在一起的，每一个都松散地挂在下面的圆环上面，确实会叮当作响。斗篷消除了一些声

---

[1] 主显节，基督教节日，旨在纪念耶稣三次向世人显现神性，即东方三贤士（或称"三王"）朝拜耶稣、耶稣受洗以及耶稣在迦拿城将水变为酒的奇迹。

音，但贾尔斯穿着这些衣物显得怪里怪气的。可其他人并没有如实相告。他们费力地把腰带系在他的腰间，把剑鞘挂在腰带上。但他只能用尽全力握着剑身，不然剑就不会老实待在剑鞘里。

农夫把加姆叫来。他觉得自己是个讲求公平的人。"狗，"他说，"你跟我一起去。"

狗叫了一声，"救命！救命！"他哀号道。

"别再叫了！"贾尔斯说，"否则看我怎么收拾你，保管让你比恶龙还惨。你知道恶龙的气味，也许你还能帮上忙。"

农夫贾尔斯叫来了他的灰母马。她神情古怪地看了他一眼，嗅了嗅他的靴刺。但她还是让他骑到了自己的背上。他们出发了，可惜谁也没有半点儿高兴的样子。他们小跑着穿过村子，所有的人都拍手欢呼，大多数人都站在自家的窗户里。农夫和他的母马尽可能地装出一副勇敢的样子，加姆却没有羞耻心，一直耷拉着尾巴，偷偷摸摸地走着。

他们来到了村子的尽头，穿过了河上的桥。等到终于离开人们的视线后，他们便放慢了速度。然而，他们很快就离开了农夫贾尔斯和哈姆村其他村民的土地，来到了恶龙肆虐的地方。树木折断的折断，树篱烧毁的烧毁，草地都被熏得发黑，四下里一片死寂，弥漫着恐怖的气氛。

阳光很灿烂，农夫贾尔斯开始希望自己有胆子脱掉一两件衣服，他怀疑自己喝多了。"这给圣诞节画上了一个美好的句号。"他心想，"只要最后我没有完蛋，那就是走大运了。"他用一块大手帕擦了擦脸，那块手帕是绿色的，不是红的，因为红色的布料会激怒龙，至少他是这么听说的。

起初,他没有找到恶龙。他骑马走过了许多或宽或窄的小路,穿过了其他农夫的荒芜田地,但还是不见龙的踪迹。当然,加姆一点儿忙也没有帮上。他紧跟在母马后面,拒绝用鼻子去嗅探龙的气味。

最后,他们来到了一条蜿蜒的小路上,这里几乎没受到什么破坏,看起来很安静。沿着小路走了半英里后,贾尔斯开始怀疑这次可能要完不成任务,声誉扫地了。他觉得自己已经走得够远了,便想着转身回去吃晚餐,告诉他的朋友们,恶龙一看见他来就飞走了,可就在这时,他拐了个急转弯。

那条龙出现了,他正横躺在一道断了的树篱上,骇人的龙首伸在路中央。"救命!"加姆说着就跑开了。灰母马扑通一声蹲坐在了地上,农夫贾尔斯跑进了后面的一条沟里。等到他伸头去看时,就见那条龙已经完全醒了,正瞧着他。

"早上好!"恶龙说,"你看起来很吃惊。"

"早上好!"贾尔斯说,"确实如此。"

"那就对不起了。"恶龙说。农夫倒地的时候,他听到了叮叮当当的声音,便竖起了耳朵谨慎地留心听着。"请原谅,我有个问题,你是在找我吗?"

"不是,真的不是!"农夫说,"谁能想到会在这儿见到你呢?我只是骑马出来兜兜风而已。"

他急忙从沟里爬出来,退向灰色母马所在的位置。她现在又站了起来,在路边啃着草,看起来一副漠不关心的样子。

"那我们能见面,还真是缘分使然啊。"龙说,"我太荣幸了。想来你穿的是节日服装吧,现在流行这种衣服吗?"农夫贾尔斯的毡帽早掉了，灰色斗篷也滑开了，但他只能厚着脸皮，继续应付。

"是啊，"他说，"这是新时尚。但我要找我的狗去了。我想他是去捉兔子了。"

"我可不这么想。"克莱索菲拉克斯舔着嘴唇说（这表示他饶有兴味），"我想他会比你早很久到家。但是请你继续走吧，老爷。对了，我还不知道你的名字呢。"

"我也不知道你叫什么。"贾尔斯说，"那还是算了吧。"

"随你的便。"克莱索菲拉克斯说，他又舔了舔嘴唇，假装闭上了眼睛。他心眼儿挺坏（所有的龙都是这副德行），可惜胆子不大（倒也不是什么稀罕事）。他更喜欢吃不用费力就能吃到的食物，但在美美睡了一觉后，他的肚子又饿了。奥克利村的牧师身上没有多少肉，他有很多年都没尝过大胖子的味道了，于是他下定决心要尝尝这送到嘴边的肉是什么滋味，只等着对面这个老傻瓜放松警惕，他便要动手。

但这个老傻瓜并不像看上去那么傻，他一直盯着巨龙，甚至在试图上马时也没有移开目光。母马却另有想法，在贾尔斯上马的时候，她不停地尥蹶子，还不停地躲。龙不耐烦了，作势就要一跃而起。

"对不起！"他说，"你有没有掉什么东西？"

这不过是个古老的把戏，却十分有效，而贾尔斯确实掉了东西。刚才摔倒的时候，他把考迪莫达克斯（俗称断尾剑）掉在了地上。趁农夫弯下腰去捡剑的当儿，恶龙跃了起来。可惜断尾剑更快。它一到农夫手里，就如闪电般向前飞跃而去，直刺向巨龙的眼睛。

"嘿！"恶龙说着，猛地停了下来，"你拿的是什么？"

"断尾剑而已，是国王赏赐给我的。"贾尔斯说。

"都是我的错！"恶龙说，"请原谅。"他拜倒在地上，样子很是卑微。农夫贾尔斯这才不那么紧张了。"我觉得你对我不公平。"

"怎么会？"贾尔斯说，"我有什么理由这样做？"

"你隐瞒了你尊贵的姓名，假装只是偶然撞见了我。但你显然是一位高贵的骑士。先生，在这种情况下，骑士们习惯在发起挑战前先报上自己的头衔和资历。"

"也许过去是这样，也许现在仍然是这样，"贾尔斯说，开始志得意满。要是有个人能让一条巨大而专横的龙在自己面前卑躬屈膝，那他即使有些得意，也是可以原谅的。"但是你犯的错误不止一个，恶龙。我不是骑士。我只是哈姆村的农夫埃吉迪乌斯，对任何擅自闯入者，我都容忍不了。我以前用前膛枪射杀过巨人，而他们造成的破坏还不如你。那时候我也没有先发起挑战。"

龙听了这话，心顿时悬了起来。"那个该死的巨人，就是个大骗子！"他心想，"我居然就这么被蒙骗了，还真是倒霉到家了。现在来了个勇敢的农夫，拿着一把这么亮晃晃，这么森寒逼人的剑，我究竟该怎么办呢？"他想不起曾经有过这样的先例，"我的名字叫克莱索菲拉克斯，"他说，"富翁克莱索菲拉克斯。我能为您效劳吗？"他讨好地加了一句，眼睛死死地盯着剑，希望不必和眼前的人战斗。

"你可以走了,你这个长着硬鳞片的老坏蛋。"贾尔斯说,他也不想打,"只要能摆脱你,我就满足了。马上离开这里,滚回你那肮脏的巢穴里去!"他朝克莱索菲拉克斯走去,挥舞着双臂,好像在吓唬乌鸦似的。

这对断尾剑来说已经足够了。它在空中盘旋,发出闪烁的精光,随即向下俯冲,直刺在龙的右翼关节上,这强劲有力的一剑把恶龙吓得不轻。当然,贾尔斯并不清楚怎么才能杀死一条龙,否则这一剑就会刺在龙身上更为脆弱的部位。但哪怕是在没有经验的人手中,断尾剑还是发挥了最大的威力。只是这一剑,就已经够克莱索菲拉克斯受的,他好几天都别想挥翅膀飞了。他爬起来,转身要飞,却飞不起来。农夫跳上了母马的背。于是恶龙拔腿就跑,母马也一样。龙在田野上疾驰,呼哧呼哧地喷着热气,母马也一样。农夫大叫着,呼喊着,好像在看赛马似的。他一直挥舞着手里的断尾剑。龙跑得越快,脑袋就越迷糊,灰母马则甩动着最有力的腿,紧紧地跟在他后面。

他们跑过一条条小路,穿过篱笆的缝隙,越过许多田野,踏过许多小溪。龙冒着烟,咆哮着,失去了方向感。最后,他们突然跑到了哈姆村边的桥那儿,呼啸着越桥而过,吼叫着沿着村里的街道飞奔。在那里,加姆厚颜无耻地从一条小巷里溜出来,加入了追击。

所有人都站在窗边或屋顶上。有人大笑,有人欢呼,有人敲打着铁罐、平底锅和水壶,还有人吹着喇叭、笛子和口哨。牧师让人敲响了教堂的钟。哈姆村已经有一百年没出现过这么热闹的场面了。

跑到教堂外面，龙放弃了。他躺在路中间，大口大口地喘着粗气。加姆跑过来，嗅了嗅他的尾巴，但此时克莱索菲拉克斯已经顾不上羞耻了。

"好心的人啊，勇敢的战士，"他气喘吁吁地说，这时农夫贾尔斯骑着马过来了，村民们也围了上来（隔着一段安全距离），手里拿着干草叉、木棍和拨火棍，"善良的人们，不要杀我！我很富有。我将赔偿我所造成的一切损失。我会为所有被我杀死的人支付葬礼费用，尤其是奥克利村的牧师，他这个人非常瘦，但我还是会为他竖起一座宏伟的纪念碑。只要你们让我回家把礼物取来，我就给你们每人一份大礼。"

"多大的礼？"农夫说。

"好吧，"恶龙说，飞快地计算了一下。他注意到来了很多人。"每人十三英镑八便士？"

"胡说！"贾尔斯道。"废话！"人们说。"你开玩笑呢吧！"狗说。

"那就大人每人两个金币，孩子一半？"龙说。

"那狗呢？"加姆问。"说啊！"农夫说，"我们听着呢。"

"每人十镑，外加一袋银币，每条狗一个金项圈，怎么样？"克莱索菲拉克斯焦急地说。

"杀了他！"人们不耐烦地喊道。

"男人每人一袋金子，女士们每人一袋钻石？"克莱索菲拉克斯赶忙说。

"这还差不多，但还不够好。"农夫贾尔斯说。"你又忘了提狗。"加姆说。"袋子多大？"村民们问。"多少颗钻石？"农妇们问。

"老天！老天！"恶龙说，"这下我要被掏空了。"

"你活该。"贾尔斯说，"你要么掏空口袋，要么送掉性命，自己选吧。"他挥舞着断尾剑，龙被吓得一缩。"决定好了吗？"人们叫喊着，胆子越来越大，越来越近。

克莱索菲拉克斯眨了眨眼睛。但他在心里悄悄地笑了，身体随之轻轻地颤抖着，人们并没有注意到。他们的讨价还价开始让他感到好笑。他一看就知道这些人都盼着从他这里捞到油水。他们对这个广阔而邪恶的世界所知甚少，确实，在这个王国里，没有一个人有过与诡计多端的龙打交道的实际经验。克莱索菲拉克斯的呼吸恢复了平稳，他的理智也回来了。他舔了舔嘴唇。

"那你们出个价吧！"他说。

人们立刻叽叽喳喳地说了起来。克莱索菲拉克斯饶有兴趣地听着。只有一个声音让他心生不安：这个人便是铁匠。

"记住我的话，这样做不会有好结果的。"他说，"随你怎么说，但龙走了就不会再回来。不管怎样，都不会有什么好结果。"

"只要你乐意，大可以不参与这笔交易。"他们对他说，然后继续讨价还价，再也没有注意恶龙。

克莱索菲拉克斯抬起头来。但是，如果他想突然扑向村民，或者趁他们争论时偷溜走，那他可要失望了。农夫贾尔斯站在旁边，嚼着一根稻草，沉思着。断尾剑在他手里，他的眼睛盯着那条龙。

"你给我趴好了，别动！"他说，"否则不管有没有金子，都叫你吃不了兜着走。"

龙赶紧趴在地上。最后，牧师被任命为发言人，他站到贾尔斯身边。"恶龙！"他说，"你要把你所有的不义之财都带到这里来。等补偿了你所伤害的人，我们将把那些财富平分。这之后，如果你郑重发誓再也不来我们的土地烧杀抢掠，也不去煽动任何别的怪物来打扰我们，我们就放你全须全尾地回家去。现在你要发毒誓，说你一定会回来（还要带回来赎金），这个誓言要重到能约束恶龙的良知。"

经过一番似是而非的犹豫之后，克莱索菲拉克斯接受了牧师的提议。他甚至流下了滚烫的泪水，哀叹自己彻底完蛋了，弄得路上形成了冒着热气的水坑。但没有人被他打动。他发了许多誓，这些庄严的誓言无不令人吃惊，说什么他会在圣希拉留斯和圣费利克斯节上带着他所有的财宝回来。那是在八天后，可这点儿时间根本不够恶龙来回一趟，即使是那些不懂地理的人也很清楚这一点。尽管如此，他们还是让他走了，还把他送到了桥头。

"再会了！"他过了河，说道，"我相信我们大家都期待着那一天的到来。"

"确实是的。"他们说。他们当然愚蠢至极。虽然龙的确应该因为发了誓而良心不安，生怕会遭到报应，唉，可这条龙压根儿就没有良知可言。即便普通人并不知晓皇亲贵胄压根儿就不具备这种高贵的品质，至少有学识的牧师可以猜得到。也许他的确猜到了。他是个语法学家，毫无疑问比别人看得更远。

铁匠回到了铁匠铺，一路上直摇头。"这名字可不妙啊，"他说，"希拉留斯和费利克斯！我不喜欢这发音。"

当然，国王很快就听说了这个消息。这件事像火一样传遍了整个王国,在口口相传中,没有一个细节被遗漏掉。国王被深深打动了,原因有很多,尤其是与钱有关。于是他决定立即亲自骑马到怪事频发的哈姆村去。

他在恶龙离开的四天后到达,骑着白马过桥而来,许多骑士跟在他身后,许多号手吹奏着乐曲,国王还带来了很多行李。所有的人都穿上了最好的衣服,站在街道两旁欢迎他。队伍在教堂大门前的空地上停了下来。农夫贾尔斯跪在国王面前,国王叫他站起来,还拍了拍他的背。骑士们假装没注意到二人之间的熟稔。

国王命令全村的人到农夫贾尔斯位于河边的大牧场里集合,等到所有人都聚齐后(加姆也去了,他觉得这件事也和自己有关),奥古斯都·博尼费修斯兴高采烈地发表了讲话。

他小心翼翼地解释说,他是这片土地的主人,所以穷凶极恶的克莱索菲拉克斯的财富都属于他。他还相当轻描淡写地表示他是山区的领主(这一点存在争议),"无论如何,我们毫不怀疑,"他说,"那条龙的所有宝藏都是从我的祖先那里偷来的。然而,大家都知道,我既公正又慷慨,我的好臣民埃吉迪乌斯应该得到适当的奖赏。这里任何一个忠诚的臣民,从牧师到最小的孩子,都将获颁纪念品,以示我的敬意。我非常喜欢哈姆村。在这里,至少有一群坚定质朴的人仍然保留着我们民族自古有之的勇气。"而在这个时候,骑士们谈论的话题则是帽子的新式样。

人们向国王鞠躬、行屈膝礼,谦卑地感谢他。不过,他们现在真希望当初接受了恶龙提出的每人十英镑的出价,再把这件事烂在肚子里。他们都清楚国王不会纡尊降贵地计较这点儿钱。加姆注意到国王没有提到狗。农夫贾尔斯是他们当中唯一真正感到满足的人。他觉得自己肯定会得到一些报酬，无论如何，他很高兴自己安全地摆脱了一个大麻烦，而且他在当地的名声比以往任何时候都要高。

国王并没有走。他在农夫贾尔斯的田里搭起了帐篷，在远离首都的一个穷山村里尽情地寻欢作乐，等待着1月14日的到来。在接下来的三天里，王室的随从们几乎吃光了所有的面包、黄油、鸡蛋、鸡肉、培根和羊肉，喝光了这里所有的陈年麦芽酒。然后他们开始抱怨缺吃少喝。但国王买这些东西时，都给了相当丰厚的价钱（不过都是赊账，他希望国库很快就能得到充足的补充，到时候他就能付清欠款了），哈姆村的人并不清楚国库的实际情况，还满心欢喜。

1月14日，圣希拉留斯和圣费利克斯节到了，所有人都早早地起了床。骑士们穿上了盔甲。农夫穿上自制的锁子甲，骑士们见了便公开嘲笑他，直到看到国王皱起眉头才有所收敛。农夫还拿出了断尾剑，它像涂了黄油一样，一下子就插进剑鞘里，没有再掉出来。牧师盯着那把剑，轻轻地点了点头。铁匠大笑起来。

中午到了。人们心里着急，只是胡乱吃了点儿东西。下午过得很慢。断尾剑仍然没有出鞘的迹象。无论是山上的守望者，还是爬到大树树梢的小男孩，都没有从空中或陆地上看到任何可能预示巨龙归来的迹象。

铁匠吹着口哨走来走去。直到夜幕降临，星星出来了，村里的其他人才开始相信恶龙压根儿就没打算回来。然而，他们还在回忆他立下的那些庄重而惊人的誓言,心里依然抱着希望。可随着午夜的钟声敲响,约定的日子过去了,他们的失望之情也加深了。铁匠却很高兴。

"被我说中了吧。"他道。但人们还是没有死心。

"毕竟他伤得很重。"一些人说。

"我们给他的时间也不够。"其他人说,"从这里到大山,路远着呢,他还要背很多金银珠宝。也许他需要帮助。"

但是第二天过去了,第三天过去了。到这个时候,众人彻底放弃了希望。国王勃然大怒。食物和饮料都已经耗尽,骑士们大声抱怨。他们希望回到快乐的宫廷中去。但国王需要钱。

他与忠诚的臣民告别,但他言辞犀利,还一笔勾销了一半的国库赊账。他对农夫贾尔斯很冷淡,点了点头就打发了他。

"会有旨意给你的。"他说完,便带着骑士和号手骑马离开了。

那些怀有希望、头脑简单的人认为,宫廷很快就会传来旨意,召唤埃吉迪乌斯老爷去觐见国王,至少也要封他为骑士。过了一个星期,旨意来了,却完全不是那么回事。旨意一式三份,附有签名:一份给贾尔斯,一份给牧师,还有一份要钉在教堂的门上。只有给牧师的那一份才有用,因为宫廷文书很特殊,对哈姆村的人来说就像拉丁文书一样晦涩难懂。牧师把它译成了白话,在讲坛上宣读了出来。这道旨意简短而切题(就皇室信件的标准而言),国王显然写得很着急。

"我,奥古斯都·博尼费修斯敬告,为了王国的安全,为了维护鄙人的荣誉,现决定将恶龙富翁克莱索菲拉克斯寻获归案,惩罚他的行为不端、侵权、杀人和谎报誓言等罪行。我命令王室的所有骑士全副武装，一待埃吉迪乌斯·阿希诺巴布斯·朱利叶斯·阿格里科拉·德·哈莫大人抵达宫廷，便整装出发。众所周知，埃吉迪乌斯已经证明了自己是个可靠的人，巨人、恶龙和其他危害国王和平的敌人都曾是他的手下败将，因此，现在我命令他立即骑马出发，以最快的速度加入我们的骑士队伍。"

人们说这是一个很高的荣誉，仅次于被册封为骑士。磨坊主很嫉妒。他说："老友埃吉迪乌斯要出人头地了。"他说，"但愿等他衣锦还乡的时候，还能认得我们。"

"也许他再也不会认我们了。"铁匠说。

"够了，老马脸！"农夫说，他气坏了，"我的名声这下子彻底完了！要是我还有命回来，那就算要和磨坊主交朋友，我也乐意。不过，想到有段时间不用见到你们俩，倒也是个安慰。"说完他就辞别他们出发了。

面对国王，可不能像对付邻居那样找借口搪塞。所以，不管母羊是不是在下小羊，需不需要犁地，是喝牛奶还是喝水，他都必须骑上灰母马出发。牧师为他送行。

"有没有带结实的绳子？"他问。

"有什么用？"贾尔斯说，"上吊自杀？"

"不是！振作起来，埃吉迪乌斯老爷！"牧师说，"在我看来，幸运之神一直眷顾着你，你大可以相信自己的好运气。不过还是带上一根长绳吧，万一用得上呢，除非我预见错了。现在再见了，希望你平安归来！"

"啊！等我回来的时候，一定会看到我的房子和田地都变得破败了。该死的龙！"贾尔斯说。他把一大卷绳子塞进马鞍旁的袋子里，便爬上马鞍，骑马离开了。

他没有带狗去，因为整个上午他都躲得远远的。可农夫一走，加姆就偷偷溜回了家，在那儿号叫了一整夜，还挨了一顿揍，可他依然号叫不止。

"救命啊，救命啊！"他叫道，"我再也见不到亲爱的主人了，他是那么可怕，那么了不起。我真希望能和他一起去，真的。"

"闭嘴！"农夫的妻子说，"不然的话，不管他能不能活着回来，你都没命等着看了。"

铁匠听到了加姆的号叫。"这可不是好兆头啊。"他高兴地说。

一连许多天过去了，没有任何消息传回来。"没有消息就是坏消息。"铁匠说着，突然唱了起来。

农夫贾尔斯一路来到了宫廷，他风尘仆仆，身心俱疲。骑士们穿着锃亮的锁子甲，头上戴着闪亮的头盔，站在各自的战马旁边。不管是国王的召唤，还是农夫的加入，都让他们很恼火，所以他们坚持不折不扣地服从命令，等贾尔斯一到就出发。可怜的农夫还没来得及喝一口酒，就又上路了。母马生气了。所幸她对国王的看法无从表达，不然真要犯下大不敬之罪了。

天很晚了。"天太晚了，来不及去猎龙了。"贾尔斯心想。但他们并没有走远。骑士们在出发后反倒不着急了。他们悠闲地骑马前行。骑士、侍从、仆人和驮着行李的小马，排成一列散漫的队伍，农夫贾尔斯骑着他那匹疲倦的母马在后面慢跑。

到了晚上，他们停下来搭起帐篷。骑士们并没有为农夫贾尔斯准备任何东西，他只能尽可能地去借。母马非常愤怒，她放弃了对奥古斯都·博尼费修斯家族的效忠。

第二天，众人继续赶路，走了一整天。第三天，他们望见远处幽暗荒凉的群山。不久之后，他们就到了奥古斯都·博尼费修斯的统治地位没有得到普遍承认的地区。这之后，他们更加小心地骑马前行，彼此之间靠得更近了。

第四天，他们到达了野山丘，以及传说中怪物居住的危险之地的边界。突然，一个骑在前面的人在一条小溪边的沙地上发现了一些可疑的脚印。他们把农夫叫了过去。

"这些是什么，埃吉迪乌斯老爷？"他们问。

"龙的印记。"他说。

"那你去前面带路！"他们说。

于是众人骑马向西，农夫贾尔斯走在最前头，他皮衣上所有的圆环都发出叮当的响声。这无关紧要，毕竟骑士们有说有笑，还有一个吟游诗人骑马跟在一边，为他们唱颂歌。他们不时一起唱起副歌，唱得大声且有力。这首歌很不错，很鼓舞人心，创作于很久很久以前，那时战争比比武更常见，但此时唱歌并不明智。现在这片土地上的所有生物都知道了他们的到来，西方所有洞穴里的龙都竖起了耳朵。他们再也没有机会趁着克莱索菲拉克斯打盹儿时偷袭他了。

幸运的是（或者应该归功于灰色的母马），等他们终于来到幽暗大山的阴影下时，农夫贾尔斯的母马跛了脚。此时，小路开始变得陡峭，布满了碎石，他们吃力地往上爬，心里越来越不安。母马一点一点地退回了队伍中，一瘸一拐地走着，脚步蹒珊，看上去那么坚韧和悲伤，最后农夫贾尔斯不得不下马步行。没过多久，他们就落在了驮着行李的小马后面，不过没人留意他们。骑士们正在讨论谁的地位高，谁的地位低，要讲究哪些礼仪规矩，注意力便分散了。否则，他们就会注意到龙的痕迹明显多了起来。

事实上，他们来到的正是克莱索菲拉克斯经常出没的地方，或者说，他每天在空中舒展腿脚后便习惯在这附近降落。地势较低的山丘和小路两旁的山坡上，都有烧焦和被践踏的痕迹。四周几乎没有野草生长。在大片的灰烬和烧焦的泥土中，竖立着石楠花和金雀花扭曲发黑的残根。这个地区多年来一直是龙的游乐场。一道漆黑的山壁隐约出现在他们面前。

农夫贾尔斯很关心他的母马。不过他很高兴有了这样一个借口，他可以不再那么显眼了。骑在最前面带领一支这样的队伍，穿行于阴暗而危险的地方，让他心里很不踏实。不久之后他就会高兴起来，也会有理由感谢自己运气很好（还要感谢他的马）。当天是圣烛节，也是他们骑马赶路的第七天，就在中午时分，断尾剑突然跃出剑鞘，由此可见，恶龙从洞里出来了。

没有任何警告，也没有表现出任何礼仪，恶龙突然发起了攻击。他咆哮着，向他们俯冲了过来。尽管他有着古老的皇族血统，但在远离家乡的地方，他并没有表现出丝毫的勇气。此时此刻，他心中却燃烧着熊熊怒火。因为他是在家门口作战，要捍卫自己所有的财宝。他带着雷霆万钧之势，绕过一座山肩飞了过来，发出的暴喝犹如一阵阵狂风的怒号，也好像一道道红色闪电的炸裂之音。

骑士们关于地位高低的争论戛然而止。所有的马都躲到一边，有些骑士摔下马来。驮着行李的小马和仆人们立刻转身就跑。他们对优先次序的问题倒是没有半点儿疑问。

突然，一股浓烟涌来，把人们呛得七荤八素，就在浓烟中，恶龙冲到了队伍的前头。有几名骑士还没来得及正式宣战就送掉了性命，还有几名骑士和他们的坐骑一起被打倒在地。剩下的骑士什么也做不了，只能把控制权交给了他们的战马，马儿转过身，也不管主人愿不愿意，便驮着他们一起飞奔而逃。其实大多数骑士也都是这么盼着的。

但是那匹灰色老马没有动。也许她是害怕在陡峭多石的小径上摔断腿。也许她太累了，即使想逃跑也跑不动了。她深知，会飞的龙在身后比在面前更可怕，只有比赛马跑得更快才可能成功逃脱。此外，她以前见过克莱索菲拉克斯，还记得她曾在自己的地盘上追着他穿过田野和小溪，追到最后，他屈服了，趴在村里的街道上不敢动。反正，此时此刻，她叉开腿，喷着鼻息。农夫贾尔斯脸色煞白，但他还是待在马儿身边，毕竟这个时候似乎也没有别的事可做。

就这样，恶龙在队伍里横冲直撞，却猛然看见宿敌就站在面前，手里还拿着断尾剑。这是他最不希望看到的情形了。他像一只大蝙蝠一样突然转向一边，瘫倒在靠近公路的山坡上。灰母马走上前来，全然忘记了自己的腿还是瘸的。农夫贾尔斯深受鼓舞，急忙跨上马背。

"对不起，"他说，"你是来找我的吗？"

"真不是！"克莱索菲拉克斯说，"谁会想到能在这儿见到你呢？我只是到处飞飞而已。"

"那我们能见面，还真是太巧了。"贾尔斯说，"这是我的荣幸，我确实是在找你。我有一笔账要跟你算算，其实可以说是好几笔账。"

龙哼了一声。农夫贾尔斯举起手臂挡住那股热气。电光石火之间，断尾剑向前刺去，杀气腾腾地靠近了龙的鼻子。

"嘿！"龙说着，不再喷出热气。他开始发抖，后退了几步，全身的龙火瞬间冷却了。"但愿你不是来杀我的，老爷大人？"他呜咽着说。

"不！不是！"农夫说，"我可没说要打打杀杀。"灰母马喷了喷鼻子。

"那我可以问一下，你和这些骑士在一起做什么吗？"克莱索菲拉克斯说，"一直以来，但凡我们没有先下手为强，会有多少龙先死在了骑士的手上啊。"

"我和他们没关系。他们对我来说什么也不是。"贾尔斯说，"不管怎么说，他们不是死了就是走了。你在主显节说的话，还打算遵守吗？"

"怎么了？"龙焦急地问。

"你迟到了将近一个月。"贾尔斯说，"你承诺的赔款还没支付。我是来收钱的。你给我添了这么多麻烦，你应该请求我的原谅。"

"我确实要请求你的原谅，"他说，"要是你没有费力来这一趟就好了。"

"这次我要你的全部财产,不要耍花招。"贾尔斯说,"否则你就死定了,我要把你的皮挂在教堂的尖塔上,以示警告。"

"你太狠心了!"恶龙说。

"答应过的事就得照办。"贾尔斯道。

"我的赔款都是现成的,所以能不能给我留下一两枚戒指和一点儿金子。"他说。

"连一枚黄铜纽扣都不能给你留!"贾尔斯说。他们就这样谈了一会儿,像人们在集市上那样讨价还价、争论不休。不过结果还是在意料之中,毕竟很少有人比农夫贾尔斯更能滔滔不绝,在讨价还价中坚持到最后。

恶龙不得不一路走回洞穴,因为贾尔斯紧紧地跟在他身边,断尾剑也近在咫尺。一条狭窄的小路蜿蜒而上,翻过大山,几乎容不下他们两个。

母马紧跟在他们后面,看上去若有所思。

一路上要走五英里,而且非常难行。贾尔斯喘着粗气,吃力地走着,但他的目光从未离开那条龙。最后,他们来到了山西侧的洞口。洞口又大又黑,令人望而生畏,黄铜门连接着巨大的铁柱。显然,在早已被遗忘的日子里,这里曾是一个象征着力量和骄傲的地方。毕竟龙建造不了这样的工程,也挖不出这样的矿山,只要有可能,龙往往会选择住在古代的勇士和巨人的坟墓和宝库里。这座深嵌入大山的建筑的大门敞开着,他们在大门的阴影里停了下来。到目前为止,克莱索菲拉克斯还没有机会逃脱,但现在他来到了自家的大门前,于是他向前一跃,准备冲进门里。

农夫贾尔斯用剑背敲了他一下。"啊!"他说,"在你进去之前,我有话说。如果你不能马上带点儿值钱的东西回来,我就跟在你后面进去,先把你的尾巴割下来。"

母马喷了喷鼻子。她无法想象农夫贾尔斯会为了钱而只身深入龙穴。但克莱索菲拉克斯对此深信不疑,毕竟断尾剑看起来那么亮、那么锋利。也许他是对的,母马虽然很聪明,但还没有看清楚主人的变化。农夫贾尔斯仗着自己运气不错,在两次与恶龙对阵之后,开始觉得没有龙能抵挡得住自己。

不管怎样,克莱索菲拉克斯很快又出来了,他带出了二十磅(金衡磅[1])的金银,还有一箱戒指、项链和其他漂亮的珠宝。

"给你!"他说。

"什么?"贾尔斯说,"这连你承诺的一半都不到,如果你是这个意思的话。我敢说,这些东西,都不到你所有的财产的一半。"

"当然不够!"恶龙说,他很不安地发现,自从那天在村子里见面以来,农夫似乎变得更聪明了,"当然不够!但我一下子拿不了那么多。"

"我敢打赌,两次也拿不完。"贾尔斯说,"你现在进去,再赶快出来,不然我就让你尝尝断尾剑的厉害!"

"不要!"恶龙说着,飞快地钻了进去又钻了出来,"给你!"他说着,放下了一大堆金子和两箱钻石。

"现在再试一次!"农夫说,"多拿一点儿!"

---

[1] 1金衡磅等于326.5865克。

"够多了，够多了。"恶龙说着又钻进洞里去了。

灰母马开始有点儿为自己担心了。"谁来把这么重的东西驮回家呢？"她想。她深深地看了看那些袋子和箱子，眼神里透着悲伤，农夫猜出了她的心思。

"别担心，姑娘！"他说，"搬运的活儿，有那条龙呢。"

"可怜可怜我吧！"恶龙说。他第三次从洞里钻出来的时候，正好听到了这句话。这次他运出来的珠宝最多，还有一大堆鲜艳的红绿宝石。"可怜可怜我吧！让我独自驮这么多东西，那就是要了我的命啊，再多一袋我也拿不动了，就算你杀了我也不行。"

"这么说，你洞里还有，是吗？"农夫说。

"是的，"恶龙说，"可也只够给我自己留个体面了。"龙的嘴里很少有实话，但他说的是事实。结果证明，他这么做很明智。"如果你把剩下的东西留给我，"他狡猾地说，"我将永远是你的朋友。我会把这些财宝送到你家，而不是国王的王宫。另外，我会帮你守护这些财宝的。"

农夫用左手拿出一根牙签，苦苦地思索了一会儿。接着他说了句"成交！"他所表现出的审慎值得赞赏。骑士大可以要求得到全部宝藏，但免不了要遭遇一场横祸。而且，要是贾尔斯把恶龙逼入绝境，那么不管有没有断尾剑的震慑，恶龙都很有可能铤而走险，起来反抗。在这种情况下，贾尔斯即便能保住自己的性命，也不得不杀死他的运输工具，把大部分缴获的财宝都留在山里。

好了，事情就这样结束了。以防万一，农夫在口袋里塞满了珠宝。他让灰母马驮着一小部分宝贝，并将其余装在箱子和袋子里的财宝统统绑在克莱索菲拉克斯的背上,使他看起来就像一辆皇家家具搬运车。恶龙这下子别想飞了,他背的东西太重,况且翅膀还被贾尔斯绑住了。

"绳子终于派上了大用场!"他想。想起牧师,他心怀感激。

就这样,恶龙开始小跑起来,跑得直喘粗气,母马跟在他的尾巴后面,农夫手里拿着亮闪闪、咄咄逼人的考迪莫达克斯。恶龙不敢耍花招儿。

尽管马和龙都背负着沉重的宝贝,但他们回去的速度比骑士来时还要快。农夫贾尔斯着急赶回去,最重要的原因是他的袋子里几乎没剩下什么干粮了。此外,他并不信任克莱索菲拉克斯,毕竟他连自己所发的重誓都会违背。他琢磨着怎样才能安然度过夜晚,不至于让自己送掉性命,或者遭受重大损失。但夜幕尚未降临,好运就再度来临了。他们追上了六个当初匆忙逃走的仆人和小马,原来他们在野山丘里迷路了。他们又惊又怕,四处逃散,但贾尔斯从后面喊住了他们。

"嘿,伙计们!"他说,"回来!我有工作给你们,把这些东西送回去,薪水还不错。"就这样,他们开始为他服务,而且很高兴有人给他们带路。他们都觉得这下能比以往更准时地拿到薪水了。就这样,七个人、六匹小马、一匹母马和一条龙组成的队伍开始赶路,贾尔斯开始像个贵族一样挺起胸膛。他们尽可能地少停下休整。到了晚上,农夫贾尔斯把龙拴在四根尖桩上,每条腿上都绑一根,并派三个人轮流看着他。此外,灰母马半睁半闭着眼睛,以防其余人耍什么花招。

三天后,他们回到了自己国家的边境。他们的到来在两片海域之间引起了前所未有的震惊和骚动。在他们停下来的第一个村子里，人们免费向他们提供食物和饮料，有一半的年轻人都想加入他的队伍。贾尔斯挑选了十二个看起来很有能力的年轻人。他答应给他们丰厚的工资，并给他们买了他能买到的好马。而他心里也开始有了一些想法。

休息了一天后，他又上了马，新招收的护卫跟在他的后面。他们唱着歌，向他致敬，虽然粗犷，但在他的耳朵里听起来很悦耳。一些人欢呼，另一些人大笑。真是一幅既欢乐又美妙的景象。

不久，农夫贾尔斯向南拐了个弯，直奔自己的家，再也没有靠近国王的宫廷，也没有捎信去。但埃吉迪乌斯老爷归来的消息像火一样从西方传播开来，引起了巨大的震惊和混乱。因为就在他回来之前，一份皇家公告刚刚发布，要求所有的城镇和村庄哀悼在山口阵亡的英勇骑士们。

无论贾尔斯走到哪里，人们都忘记了哀悼，钟声也会敲响，人们聚集在路边大喊大叫，挥舞着帽子和围巾。此外，他们还会对着可怜的龙发出嘘声，弄得他悔不当初，觉得不该答应这笔交易。这对一条有着古老皇族血统的龙来说可真是颜面尽失。回到哈姆村后，所有的狗都轻蔑地朝他狂吠。加姆倒是没有这么做，他的眼睛、耳朵和鼻子都留在了主人身上。他简直发了狂，在街上翻起了跟头。

当然，哈姆村热烈地迎接了农夫的归来。也许没有什么比看到磨坊主再也冷笑不出来、铁匠一脸窘迫更让他感到开心的了。

"这件事还没完呢，记住我的话！"铁匠说。但他想不出什么更狠的话来，便闷闷不乐地垂下了头。农夫贾尔斯带着六个仆人和十二个能干的小伙子，领着龙和马继续上山，他们在那里安静地待了一段时间。只有牧师受邀去了农夫家里。

消息很快传到了首都，人们忘记了官方要求哀悼的命令，也忘记了自己手头的活计，纷纷聚集在街上。喊叫声响成一片，到处都是乱糟糟的。

国王在他的大宫殿里，又是咬指甲，又是拽胡子。他时而悲伤，时而愤怒（还担心自己缺钱），就这样变得阴沉不定，没人敢和他说话。但镇上的喧闹声终于传到了他的耳朵里，那声音听起来既不像是在哀悼，也不像是在哭泣。

"怎么这么吵，是怎么回事？"他问，"让百姓回屋里去吧，那样的哀悼才体面！现在这个样子，更像是买卖鸡鸭鹅的集市。"

"陛下，龙又来了。"下人回答说。

"什么！"国王说，"快去把骑士叫来，还剩下多少人，都叫来！"

"陛下，不必这么做。"下人说，"有埃吉迪乌斯老爷看着呢，龙要多听话，就有多听话。反正我们听说就是这样的。消息刚传来不久，有些消息还有些互相矛盾。"

"老天保佑！"国王说，看上去松了一口气。

"想想看，我还下令后天为那家伙唱挽歌呢！快去取消！看到我的宝藏了吗？"

"陛下，据说财宝堆得像山一样高。"下人回答。

"什么时候能到？"国王急切地问，"这个埃吉迪乌斯真是个大好人，他一到，就叫他来见我！"

下人有些犹豫，没有立即回答。最后，有人鼓起勇气说："请原谅，陛下，听说农夫已经改道，朝他自己家的方向去了。但毫无疑问，他一有机会就会穿上合适的衣服赶到这里来。"

"肯定是的。"国王说，"什么衣服不衣服的！他应该先来汇报再回家去。岂有此理！"

适合农夫前来觐见国王的机会出现了，又过去了，后来又有许多这样的机会也是如此。事实上，农夫贾尔斯已经回来整整一个多星期了，他一直没有向宫廷传递任何消息。

第十天，国王勃然大怒。"去把那家伙叫来！"他说，于是下人去了。骑马往返哈姆村一趟要两天，路上还很难走。

"他不同意来，陛下！"两天后，一个信使浑身发抖地说。

"见鬼！"国王说，"命令他下星期二来，否则就把他关进大牢，一辈子也别想出来！"

"请原谅，陛下，他还是不愿意来。"到了下星期二，独自回来的信使可怜巴巴地报告道。

"该死的！"国王说，"把这个傻瓜关进监狱！现在派人去把那个乡下农夫用铁链锁来！"他对站在旁边的人吼道。

"派多少人？"他们结结巴巴地问，"那里有条龙……有断尾剑，还有……"

"有什么也不算数！"国王说。他吩咐下人牵来他的白马，并召集骑士（剩下多少就召集多少）和一群重骑兵，怒气冲冲地策马而去。人们深感震惊，纷纷跑出家门看热闹。

但是，农夫贾尔斯现在不仅是乡村英雄，还成了王国的宠儿。骑士和重骑兵经过时，人们不会为他们欢呼，但他们仍向国王脱帽致敬。国王越靠近哈姆村，脸色就变得越阴沉。在一些村庄，人们纷纷关门闭户，连个人影都看不到。

国王怒火中烧，心里起了杀意。他阴沉着脸，终于骑着马来到河边，过了河就是哈姆村和农夫的房子了。他真想把这个地方一把火烧成灰。但是农夫贾尔斯就在桥上，胯下骑着灰母马，手里拿着断尾剑，除了趴在地上的加姆，不见其他人。

"早上好，陛下！"贾尔斯不等对方开口，便欢快地说。

国王冷冷地看着他。"你行为失当，怎么有脸见我！"他说，"不过这也不是你避而不见的借口。"

"我没想过要去，陛下，这是事实。"贾尔斯说，"我有自己的事要操心，你派的差事已经浪费了我的很多时间。"

"胆大包天！"国王喊道，他心里的怒火再度熊熊燃烧起来，"你这个傲慢的家伙，见鬼去吧！你罪大恶极，什么奖赏都别想得到，能逃过绞刑就算你走运了！你要想不被绞死，现在就求我饶你一命，再把我的剑还给我。"

"是吗？"贾尔斯说，"我想我已经得到奖赏了。我们这里的规矩是，谁找到就是谁的，谁守得住就是谁的。我想，断尾剑在我手里，比在你的人手里更好。你那些骑士和士兵是来干什么的？"他问，"你若是来做客的，那么少带几个人，你会更受欢迎。要是你想把我带走，那这些人可不太够。"

国王气得一句话也说不出来，骑士们涨得满脸通红，全都耷拉着脑袋。有些重骑兵咧嘴笑了，毕竟国王是背对着他们的。

"把我的剑还给我！"国王喊道，他终于找回了自己的声音，只是语气失了几分威严。

"把你的王冠给我！"贾尔斯说，自从中央王国建国以来，还从未有人说出过这么惊人的话。

"岂有此理！抓住他，把他捆起来！"国王怒不可遏地喊道，"你们在犹豫什么？抓住他，就地正法也行！"

重骑兵大步向前。

"救命！救命！救命啊！"加姆叫道。

就在这时，龙从桥上升腾而起。他原本藏在河对岸的水底深处。他灌了很多的河水，此时喷出一股骇人的蒸汽。立刻就起了浓雾，在浓雾中只能看到龙那对火红的眼睛。

"回家去吧，你们这些傻瓜！"他吼道，"不然我就把你们撕成碎片。现在还有骑士冰冷的尸体躺在山口呢，很快，会有更多骑士的尸体倒在河里。国王所有的马，国王所有的士兵，一个也跑不了！"

说罢，他向前一跃，一只爪子刺进了国王的白马的身体。那白马像一阵风似的拔腿就跑。其他的马也飞快地跟在这匹马后面，有些马以前见过这条龙，而且很不喜欢那段记忆。重骑兵们拼了命地四散奔逃，不过没人向哈姆村的方向逃。

白马只是受了点儿轻伤，国王不允许他逃远。过了一会儿，国王骑着白马回来了。不管怎么说，他是白马的主人。没有人能说他害怕这世上的人或龙。他回来时，雾已经散了，但他的骑士和士兵早就逃得不见了踪影。此时，只剩下国王与手执断尾剑、有一条龙保驾的肥壮的农夫谈话,这下,情势可就大不一样了。

但是谈判没有任何结果。农夫贾尔斯很固执。他不屈服,也不战斗,哪怕国王不时提出要与他一对一对战。

"不,陛下!"他笑着说,"回家冷静冷静吧!我不想伤害你。不过你最好离开,否则可别怪我管不住那条龙。再见!"

这就是哈姆桥战役的结局。国王一分钱也没拿到,农夫贾尔斯也没说一句道歉的话,他开始觉得自己很了不起。更重要的是,从那一天起,中央王国的力量在那一带就走到了尽头。在方圆数英里的范围内,人们都把贾尔斯当作领主。不管国王颁发什么样的头衔,都不能让任何人去镇压"反叛者埃吉迪乌斯"。他成了王国的宠儿,人们编写了各种歌曲来歌颂他,这些歌谣数不胜数,禁都禁不了。最受欢迎的一首歌谣使用的是仿百行英雄双韵体[1],描写了国王和农夫在桥上对峙的情形。

克莱索菲拉克斯在哈姆村待了很长一段时间,这对贾尔斯大有好处。谁能拥有一条驯服的龙,自然会受到尊敬。在牧师的许可下,他就住在什一税谷仓里,由那十二个能干的小伙子看守着。贾尔斯的第一个头衔就是由此而来的:Dominus de Domito Serpente,翻译成白话就是"驯龙之主",或简称为"驯龙者"。就这样,他广受爱戴,但他仍然象征性地向国王进贡,在圣马提亚节[2](也就是桥上对峙的那天)送了六条牛尾和一品脱苦啤酒。

---

[1] 英雄双韵体,英国古典诗体,每行五个音步,每个音步有两个音节,第一个是轻音,第二个是重音。

[2] 圣马提亚节,基督教节日,据英国国教会《公祷书》内的历法上记载为2月24日。

然而，没过多久，他就从领主晋升到了伯爵，驯龙伯爵的腰带确实很长。

几年后，他成了尤利乌斯·埃吉迪乌斯亲王，并且不再朝贡。贾尔斯非常富有，他为自己建造了一座富丽堂皇的府邸，并征召了一支实力强劲的重骑兵。他们非常聪明开朗，都配备了用钱能买到的最好的装备。

十二个能干的小伙子都当上了队长。加姆有了一个金项圈，在他在世期间，他是一条骄傲快乐的狗，可以随心所欲地四处游荡，这让其他的狗难以忍受，因为他希望所有其他的狗都尊重他，因为他的主人不光叫人害怕，还非常神勇。灰母马平静地度过了晚年，再也没有过心事重重的时候。

最后，贾尔斯成了国王，当然是小王国的国王。他在哈姆村以埃吉迪乌斯·德拉科留斯的名字加冕为王，但人们通常都称呼他为"驯龙者贾尔斯"。通俗的语言开始在他的宫廷里流行，而他的演讲稿没有一篇是用拉丁文写的。他的妻子成了王后，她身材粗壮，很有王后的威仪，她牢牢地掌控着王室的账目。谁也别想糊弄阿加莎王后，就算用尽手段也不行。

就这样，贾尔斯一直活到了耄耋之年，他德高望重，白胡子长到了膝盖，他的王庭很受爱戴（在那里，有了功绩往往就能受到奖励），他还建立了全新的骑士等级。这些骑士名为降龙甲兵，以龙为徽章，那十二个能干的小伙子都成了资深的降龙甲兵。

必须承认，贾尔斯的崛起在很大程度上要归功于运气，不过他在利用运气这方面也表现出了一些机智。他的好运和智慧一直陪伴着他，直到生命的尽头，他的朋友和邻居都得到了很大的好处。他给了牧师丰厚的报酬,甚至铁匠和磨坊主也分到了一些。毕竟贾尔斯有实力做个慷慨的人。但在成为国王后,他颁布了一项严厉的法律——禁止人们做出令人不快的预言,还让皇家垄断了磨面粉这一行。铁匠改行做起了殡葬生意,但磨坊主却成了国王的仆人,谄媚又顺从。牧师成了主教,并在哈姆教堂设立了他的主教教区,该教堂也得到了适当的扩建。

现在,那些仍然生活在小王国土地上的人,将在本书记载的历史中看到王国里的一些城镇和村庄为什么在我们这个时代会叫那样的名字。在这方面博学多才的人告诉我们,哈姆是新王国的重要城镇,而到底是"哈姆之主"还是"泰姆之主"[1],总是会出现混淆,渐渐地,"泰姆之主"这个名头叫响了,并且一直流传到了今天。后来,"Lord of Tame"这个名字多了一个字母"H",变成了"Thame",这很荒唐,也毫无根据。为了纪念那条给他们送来名声和财富的巨龙,德拉科留斯家族在距离泰姆西北四英里的地方建造了一座气派的宫殿,所选的地址正是贾尔斯第一次见到克莱索菲拉克斯的地方。这个地方后来被以国王的名字和他的军旗命名,在全国被称为奥拉·德拉科纳里亚,通俗的名字则是驯龙宫。

从那时起,大地的面貌发生了翻天覆地的变化,王国兴起又衰败,树林倾覆,河流改道,只有山丘还矗立在世间,却也遭受着风雨的侵蚀。但那个地名却流传了下来,只是人们现在管它叫温勒(至少人家是这么告诉我的),而那一个个村庄早已不复昔

---

[1] 即 Lord of Tame,意译为驯龙之主,音译为泰姆之主。

日的骄傲了。不过，在本故事所讲的那个时代，驯龙宫是皇家宫殿，龙旗在树的上方飘扬。只要断尾剑存在一日，一切便顺顺利利、幸福欢乐。

尾声

克莱索菲拉克斯经常央求农夫放自己自由。事实证明,养他很费钱。和所有龙一样,他还会继续生长。龙和树木一样,只要活着就会一直长。于是,过了几年,贾尔斯觉得自己已经站稳了脚跟,就放可怜的龙回家了。分手时,双方多次表示会相互尊重,并达成协议,以后互不侵犯。在恶龙邪恶的内心深处,他对贾尔斯还算友好,龙对人所怀有的感情充其量也就是如此了。毕竟还有断尾剑在,他随时都可能丢掉自己的小命和财宝。事实上,他的洞穴里还有很多财宝(贾尔斯猜对了)。

他缓慢而费力地飞回了山里。他的翅膀已经很久都没用过了,很不灵活,他的体型和龙鳞也都比以前大了很多。到家后,他立刻赶走了一条年轻的龙。这条龙实在鲁莽,居然趁克莱索菲拉克斯不在的时候霸占了他的洞穴。据说整个威尼多西亚都能听到两条龙战斗的声音。克莱索菲拉克斯击败了对手,还心满意足地吃掉了对手,这时候才感觉好了一些,屈辱的伤疤也减轻了,他吃饱了就睡，这一觉睡了很久。但最后，他突然醒了过来，开始寻找那个最高、最愚蠢的巨人，正是这个巨人在很久以前的那个夏夜引起了所有的麻烦。他狠狠地骂了他一顿，可怜的巨人被骂得连头也抬不起来了。

"居然是前膛枪？"他挠着头说，"我还以为是马蝇呢！"

finis
或者用白话说
完

汤姆·邦巴迪尔历险记

The Adventures of Tom Bombadil

前言

《红皮书》中包含了大量的韵文。其中一些被收录在记叙文《指环王的毁灭》中，或是附呈的故事和编年史中，而这样的韵文在活页上还有更多，有一些则是随意写在页边空白处的。在最后一类中，大多数诗句韵文都毫无意义，即使辨认得出来，往往也是难以理解的，要不就是记忆模糊的片段。这里的第4、12和13首就是从这些页边韵文中挑选出来的。不过，更能说明这些韵文的总体特征的例子，应该是某一页上的潦草字迹，而这一页记录的是比尔博[1]所写的《凛冬初袭》：

　　狂风呼啸，风信鸡被吹得团团转，
　　他想把尾巴竖起来，却怎么也做不到。

---

[1] 《霍比特人》一书中的主人公，为霍比特人，五十岁时，他被甘道夫选为飞贼，参加了远征孤山的历险，途中偶然拾得索隆的至尊戒。

寒霜冷冽，歌鸫鸡被冻得直打战，
他想抓只蜗牛来吃，却怎么也捉不到。
"糟糕了，糟透了！"歌鸫鸡呼喊道。
"一切都是白费工夫！"风信鸡回答道。
于是他们一起扯着嗓子，哀号又大叫。

    本书中收录的韵文是从较老的作品中挑选出来的，主要是关于第三纪元末夏尔的传说和笑话，似乎是由霍比特人，特别是比尔博和他的朋友们，或者他们的直系后裔创作的。然而，这些韵文的作者是谁，却鲜有提及。那些叙述之外的内容则出自不同的人之手，很可能是把传统的口述内容记录在纸上而形成的。

    在《红皮书》中，据说第 5 首是比尔博创作的，第 7 首是山姆·甘姆吉[1]创作的。第 8 首显示的作者是 SG（即山姆·甘姆吉），而这一作者归属在接受范围内。第 11 首的作者也被标记为 SG，不过山姆最多只是把霍比特人很喜欢的一则古老的滑稽动物寓言进行了一番润色。在《魔戒》中，山姆曾说过，第 10 首也是夏尔的传说。

    第 3 首诗是另一种霍比特人很喜欢的文体：这样的押韵诗或故事首尾相互呼应，因此可以一直重复到听者感到厌烦为止。《红皮书》收录了一些这样的例子，但其他的都很简单和粗俗。第三首是最长也是最详细的，显然是出自比尔博之手。这一首韵文与

---

[1] 在《魔戒》系列中，山姆是加入护戒远征队的四位霍比特人之一。他是袋底洞的园丁，甘道夫建议弗罗多带上山姆上路，因为他将是最可信赖的同伴。

比尔博在埃尔隆德[1]之家里朗诵的长诗有明显的关系，那首长诗便是他的作品。它最初只是一首"胡乱的韵文"，在瑞文戴尔[2]的版本中，它被转化为高等精灵语，用来描写关于埃兰迪尔的努门诺尔[3]传说，有点不协调。而究其原因，可能是因为这种押韵方式是比尔博开创的，而他以此为荣。它们没有出现在《红皮书》的其他章节中。这里收录的比较古老的格式，一定是比尔博刚探险回来后创作的。虽然可以看到精灵传统的影响，但也能看得出它们并非用心之作，里面出现的名字（德瑞因、塞尔拉米、贝尔玛利亚、艾瑞耶）也都是精灵风格的名字，但并不是精灵语。

　　第三纪元末发生的各种事件的影响，以及夏尔人在与瑞文戴尔和刚铎接触后见识的增长，在其他作品中都有所体现。第6首虽然在本文中挨着比尔博所作的月仙押韵诗，但它和最后一首，也就是第16首，肯定从根本上源自刚铎[4]。它们显然是以人族的传统为基础的，人族生活在海岸上，熟悉流入大海的河流。第6首其实提到的是贝尔法拉斯[5]（又称贝尔的风之湾），以及多阿姆洛斯城中的望海塔提力斯艾尔。第16首提到了在南方王国汇入大

---

1 在《魔戒》系列中，埃尔隆德是半精灵，第二纪元至第三纪元中洲大地上最具智慧的精灵之一。他建立了瑞文戴尔。
2 半精灵埃尔隆德的领地，也是第三纪元精灵在中洲仅存的领地之一。
3 在《精灵宝钻》中，努门诺尔是伊甸人三大家族的后裔于维拉所赠予的岛屿上所建立起来的王国。其在通用语中又被称为"西方之地"。埃兰迪尔是驾船前往蒙福之地并求得维拉帮助以对抗魔苟斯的半精灵，后来成为夜空中最明亮的星辰之一。
4 在《魔戒》中，刚铎是人类统治时期的王权。
5 刚铎南部的沿海区域。

海的七条河流[1]，并使用了高等精灵风格的刚锋式名字，即凡人女子费瑞尔[2]。在长滩[3]和多阿姆洛斯[4]，有许多古老的精灵居住地的传说，也有很多传说讲的是远在第二纪元埃瑞吉安[5]衰落时期的墨松德河口的避风港，"驶往西方的船只"从那里起航。因此，这两篇韵文只是对南方传说的改编，不过比尔博很可能是在瑞文戴尔听说这些故事的。第14首也是基于瑞文戴尔、精灵和努门诺尔的传说创作的，描述的是第一纪元末期英雄迭出的年代，它似乎包含了努门诺尔传说中关于图林[6]和矮人密姆的故事的回声。

第1首和第2首显然源自雄鹿地[7]，韵文对雄鹿地和秘林谷（柳条河边树木繁茂的山谷）的了解很深，比沼泽地以西的任何霍比特人都要多[8]。从中也可以看出雄鹿地的人认识邦巴迪尔[9]，但

---

1 分别是莱夫努伊河、墨松德河、奇利尔河、凛格罗河、吉尔莱恩河、西瑞斯河和安都因河。——原书注
2 费瑞尔是刚锋的一位公主，阿拉贡自称是她在南方的后裔。山姆有个女儿名叫埃拉诺，她的女儿也叫费瑞尔，但如果非要和这首韵文扯上关系的话，可以说她的名字正是来自这首韵文，这个名字不可能起源于西界（西界是埃利阿多的土地，位于远岗与塔丘之间。它原本在夏尔之外，后来成为夏尔的西部）。——原书注
3 是刚锋王国的南方封邑之一。
4 刚锋南部贝尔法拉斯封邑的主城。
5 第二纪元的一个诺多族精灵国家。
6 人族，第一纪元中最具悲剧色彩的英雄，虽然他的一生被魔苟斯的诅咒所折磨，但他仍然做出了反抗魔苟斯的伟大功绩。
7 位于白兰地河东岸与老林子之间，是夏尔的东边界。
8 栅墙是柳条河北岸的一个小港口，在高篱外面，有了这条延伸到水里的栅栏，它受到了严密的监视和保护。荆丘村是一个小村庄，位于高篱的末端和白兰地河之间的狭长地带，在小港口后面的高地上。米特河是夏尔河的出水口，有一个码头，从这里有一条小路通到深岸村，然后再通到穿过泽地村庄灯芯草岛和泽地北部城镇斯托克的主道。——原书注
9 事实上，他们给他起这个名字（以雄鹿地的风格）可能是为了在他的许多老名字中加上这个名字。——原书注

毫无疑问，他们对邦巴迪尔力量的了解，就像夏尔人对甘道夫力量的了解一样少。在别人看来，这两个人都很仁慈，也许神秘莫测，却很滑稽。第 1 首是较早的作品，是由霍比特人关于邦巴迪尔的各种传说组成的。第 2 首也使用了类似的传说，不过汤姆的嘲笑在这里变成了他对朋友们的玩笑，朋友们听后觉得很有意思（虽然也感到恐惧）。但这首韵文很可能是在很久以后才创作的，那时候弗罗多和同伴们已经去过邦巴迪尔的家了。

这些源自霍比特人的韵文有两个共同的特点，里面有很多奇怪的词汇，喜欢使用押韵和格律的技巧，霍比特人都很单纯，他们显然把这视为美德，觉得这么做很优雅，不过毫无疑问，这只是在模仿精灵的习惯而已。尽管有时人们可能会不安地怀疑这些韵文别有深意，但至少从表面上看，它们也是很轻松或不严肃的。第 15 首当然也出自霍比特人之手，却是个例外。这是最新的作品，属于第四纪元，但将其收录在这里，是因为有人在最上面写了几个潦草的字：弗罗多之梦。这一点值得注意，虽然这篇文章不太可能是弗罗多自己写的，但从标题可以看出，这篇韵文与他在生命的最后三年里的每 3 月和 10 月做的黑暗且绝望的噩梦有关。当然，还有其他传说，比如霍比特人"迷上了四处游历"，即使他们有朝一日能回来，也会变得奇怪和难以沟通。在霍比特人的想象中，大海一直存在，但对大海的恐惧和对所有精灵传说的不信任，是第三纪元末期夏尔的主流情绪，这种情绪当然没有被在第三纪元末发生的事件和变化完全驱散。

[1] 汤姆·邦巴迪尔历险记

老汤姆·邦巴迪尔,他快乐又开朗,
亮蓝色的短外套身上穿,明黄黄的靴子脚上套。
绿腰带搭配绿马裤,都用皮革来做成,
高高的帽子戴头上,天鹅翅羽插帽上。
山丘下,是他家,柳条河水波涛滚滚流,
河水源自遍布青草的涌泉,最终流入秘林谷中去。

*

夏日时慢慢,老汤姆在草地上散步,
采一株金凤花,追逐黑影到处跑,
他与在花间来回飞舞的大黄蜂一起嬉戏,
闲来便坐在河边,时光浅浅,光阴流过。

*

他长长的胡须向下垂入水中,
河婆的女儿金莓款款而来,
她伸手抓住汤姆悬垂的发须。他沉入水中,
坠入了睡莲之下,直吐气泡,吞了不少河水。

＊

"嘿，汤姆·邦巴迪尔！你这是去哪里？"
俏金莓如是问。"吹泡泡，吐泡泡，
惊走了鳍鱼，吓得棕水鼠抱头蹿，
小䴙䴘飞奔逃，羽毛帽都掉水里啦！"

＊

"美娇娘，快把帽子取回来！"
汤姆·邦巴迪尔说，"我不喜欢踩水。
潜下去！在池水幽深的地方再度沉睡！
在柳树根的最深处，河之女！"

＊

小金莓在水中遨游，返回了最幽深的水底，
去寻找她的母亲。汤姆没有跟随而去，
阳光明媚，他安坐在满是瘤节的柳树根上，
晒干他的黄靴子，晾干帽上的湿羽毛。

＊

柳树老头睡醒了，开始把歌唱，
歌声飘扬，伴着汤姆在摇曳的树枝下入眠。
咔嚓，一条缝将他困住了！裂缝合闭，
外套、帽子和羽毛，汤姆·邦巴迪尔整个人都被抓住了。

＊

"哈，汤姆·邦巴迪尔！你想干什么？
偷看我的树心，还看我喝酒，
深入我的木屋，用羽毛挠我痒痒，

像雨天一样用水滴湿我的脸?"

*

"放我出去,柳树老头!
我躺在这里,动也不能动。你的根坚硬又弯曲,
枕在上面很不舒服。喝你的河水吧!
像河之女一样再睡一觉!"

*

柳树老头听见他说话,只得放开了他,
又把自己的木屋锁得严严又实实,嘎嘎吱吱响不停,
在树心里低语。汤姆挣脱出柳树的裂缝,
沿着柳条河继续往上游走去。
他在森林的边缘下坐了一会儿,竖起耳朵听着。
鸟儿在树枝上叽叽喳喳地叫着。
蝴蝶围着他的脑袋飞来飞去,眨着眼睛,
直到太阳落山,乌云升起。

*

汤姆匆匆赶路。雨水哗哗落下,
在奔流的河水中砸出一圈圈的涟漪。
一阵风吹过,树叶摇晃着,滴着冰凉的水珠,
老汤姆蹦蹦跳跳,不料掉进了一个隐蔽的地洞。

*

额头雪白的獾走了出来,
一双黑色的眼睛眨呀眨。他在山上挖呀挖,
还有他的妻子和许多儿子。

他们抓住了汤姆的外套,
把他拉进了他们的地盘,拉进了他们的地道。

*

他们坐在秘密的房子里嘟囔着说:
"喂,汤姆·邦巴迪尔!你跌跌撞撞地从哪里来,
怎么冲进了前门?獾抓住你了。
我们带你进来的地道,你一辈子也别想找到!"

*

"喂,老獾,可以听我说话吗?
马上送我出去!我还要散步。
带我到野蔷薇下的后门,
再把你们的脏爪子洗干净,擦擦你们那脏鼻子!
然后枕在稻草上,继续蒙头大睡吧,
就像美丽的金莓和柳树老头!"

*

所有的獾都说:"请原谅!"
他们又把汤姆带到了长满荆棘的花园,
然后便回去躲了起来,浑身抖个不停,
他们一起耙土,把所有的门都堵上。

*

雨已经停歇。天空晴朗,在夏日的暮色中,
老汤姆·邦巴迪尔大笑着回家,
他又打开了门,拉起了百叶窗。
厨房里,飞蛾开始在灯周围扑腾,

汤姆透过窗户看到醒着的星星在闪烁,
而弯弯的新月早早地向西下沉。

*

黑暗笼罩了山丘脚下。汤姆点燃了一支蜡烛,
他嘎吱嘎吱地走上了楼,转动了门把手。
"喂,汤姆·邦巴迪尔!看看黑夜给你带来了什么!
我在门后面。现在我终于抓住你了!
你忘了古冢尸妖就住在古老的坟冢里,
在山顶上,周围环绕着一圈石头。
他又逃脱了。他会带你去地下。
可怜的汤姆·邦巴迪尔,他会让你变得苍白又冰冷!"

*

"出去!把门关上,以后再也不要回来!
把你那闪闪发光的眼睛转向别处,收起你那空洞的笑!
回到长满青草的坟冢,把你那石头一样的脑袋,
放在你的石枕上,像柳树老头一样,
像年轻的金莓,也像洞穴里的獾族!
回去找埋藏的黄金和遗忘的悲伤吧!"

*

古冢尸妖一跃出了窗户,
穿过院子,像影子一样翻过墙壁,
他哀号着上山,又回到了倾斜的石环边,
回到了孤独的坟冢下,摇着他的骨环。

*

老汤姆·邦巴迪尔躺在枕头上,

比金莓甜,比柳树静,

比獾族和古冢尸妖更舒适,

睡得像一只发响的陀螺,呼噜声像一只风箱。

*

他在晨光中醒来,像椋鸟一样吹着口哨,

他唱道:"来吧,哆啦啦,咪啦啦,我的宝贝!"

他匆匆穿戴上破旧的帽子、靴子、外套和羽毛,

把窗户打开,让阳光照射进来。

*

老邦巴迪尔聪明又谨慎,

他的外套是亮蓝色的,靴子是黄色的。

从来没有人在高山或沼泽地里抓到过老汤姆,

他时而行走在林间小径,时而徜徉在柳条河畔,

时而划船徜徉在睡莲池上。

但是有一天,汤姆去抓了河之女,

她穿着绿袍子,头发灵动又飘逸,正坐在灯芯草间,

对着灌木丛里的鸟儿唱着古老的水之歌。

*

他抓住了她,紧紧抓住了她!水鼠四处逃窜,

芦苇嘶嘶作响,苍鹭尖叫不止,她的心怦怦直跳。

汤姆·邦巴迪尔说:"我的美丽姑娘!

你应该和我一起回家!桌上摆满了美食。

有黄色奶油和蜂巢,还有白面包和黄油,

窗台边长着玫瑰，透过百叶窗向里偷瞧。

你应该到山下面去！别管你的母亲了，

就让她待在那长满杂草的深水潭里。你在那里找不到爱人！"

*

老汤姆·邦巴迪尔举行了欢快的婚礼，

头戴金凤花，帽子和羽毛都摘掉。

新娘戴着花环，用勿忘草和鸢尾百合做成，

身着一袭银绿色的长袍。他引吭高歌，就像一只椋鸟，

像蜜蜂一样哼唱，随着小提琴轻快地唱着，

紧紧地抱着河之女修长的腰肢。

*

他的屋子里灯火通明，床上铺着白色的被褥，

在甜甜的蜜月里，獾族踏着脚步来了，

他们在山下跳舞，

夫妻俩躺在枕头上沉睡，柳树老头则来敲敲窗玻璃，

在芦苇丛间的河岸上，河婆在叹息，

古冢尸妖在坟冢里的哭泣清晰可闻。

*

敲击声，碰撞声，跳舞的脚步声，夜晚的声响各种又各样，

老汤姆·邦巴迪尔没有理会。

他一直睡到太阳升起，又像椋鸟一样歌唱：

"嘿！来吧，哆啦啦，咪啦啦，我的宝贝！"

他坐在门前的台阶上砍柳条，

美丽的金莓只把自己的长发梳。

[2] 邦巴迪尔划船记

一年的时光飘忽过,西风在发出召唤。
汤姆在森林里接住了一片落下的山毛榉树叶。
"微风吹来了快乐的一天,我把它接住啦!
为什么要等到明年?我高兴了就出发。
今天我要把船修好,来一场随心所欲的旅行,
随着我的心意,去往柳条河的下游!"
*

小鸟落在小树枝上。"你好呀,汤姆!我注意到你了。
我来猜猜看,我要猜猜你的心意会把你引向何方。
要我去吗,要我去给他捎个信,叫他来接你?"
*

"不要透露姓名,那会泄密,小心我剥你的皮、吃你的肉,
在所有人的耳边喋喋不休地说与你无关的话!
如果你告诉柳树老头我的去向,我就烧死你,
用柳树枝当扦子把你烤熟,免得你再打听!"
*

柳鹪鹩翘起尾巴,一边飞一边叫着:
"先抓住我再说,先抓住我再说!不需要提名字。
我只要落在他这边的耳朵上,他就会注意到我的话。
'去米特河的下游。'我会这么说,'就在太阳落山的时候。'

快点,快点!那是喝酒的时间!"

*

汤姆自言自语地笑着说:"也许到那时我就去那儿。
我可能走别的路,但今天我要划船过去。"
他用木头削了桨,修补好小船,还把船拖出隐蔽的小溪,
穿过芦苇和黄草,在倾斜的桤木下,
沿河而下,他唱道:"傻黄华柳做的小船啊,
沿着柳条河漂啊漂,一会儿在深水,一会儿在浅水!"

*

"哟!汤姆·邦巴迪尔!你要去哪里?
坐着一艘小船,顺河而下?"

*

"也许沿着柳条河去白兰地河,
也许在篱尾,朋友的心灵之火会为我点燃,
我在那里认识一些小个子朋友,
在一天结束的时候,他们很友好。我有时也去那儿。"

*

"请转告我的亲戚,把他们的消息带给我!
给我讲讲能潜水的池塘,还有游鱼的藏身处吧!"

*

"不,"邦巴迪尔说,"我只划船,
只想闻闻水的味道,我不替人跑腿。"
"哼哼!自大的汤姆!当心你的破船别沉了!
小心被柳枝钩到!看你在水里扑腾,我一定会笑。"

*

"少说两句吧！蓝鱼鸟！留着你那些祝福吧！
　　飞吧，用鱼骨打扮你自己吧！
你在枝头上像个快活的领主，在家里是个肮脏的仆人，
　　房子邋里又邋遢，你的胸膛通红也不顶用。
　　　我听说过鱼鸟的嘴在空中晃来晃去，
　　好显示风向如何变化：这就是捉鱼的结局！"

*

　　鱼鸟闭上了嘴，他眨了眨眼睛，唱起了歌，
　　　汤姆从树枝下经过。唰！他飞了起来。
　　宝石蓝色的羽毛飘落，汤姆随手接住，
羽毛在阳光下闪闪发光，他认为这是一件漂亮的礼物。
　他把它插在高高的帽子上，旧羽毛被他一把丢掉。
"现在汤姆是蓝色的了，"他说，"愉快的颜色，还不会褪色！"

*

一圈圈的涟漪在他的船周围打转，他看到水沫在颤动。
汤姆啪的一声用桨一拍！拍打在河中的一道影子上。
　　　"哟呵！汤姆·邦巴迪尔！好久不见。
　　　你在划船？我若惹你生气会怎样？"

*

　　"什么？嘿，小胡子，我要骑着你去河下游。
　　　我的手指抓着你的背，能让你的皮发抖。"

*

　　"胡说，汤姆·邦巴迪尔！我要去告诉我妈妈，

把我们所有的亲戚都叫来,爸爸、姐姐,还有哥哥!
汤姆疯了,像个装着木腿的大傻瓜,他用桨划呀划,
坐在一艘破烂船上,沿着柳条河划啊划!"

*

"我要把你的水獭皮交给古冢尸妖。他们会拿你的皮毛来鞣制!
再用金指环把你闷死!就算你的妈妈看到你,
也认不出自己儿子的模样,除非是靠胡须来辨认。
不,别取笑老汤姆,回去练练口才再来吧!"

*

"嗖嗖!"小水獭说着,溅起了水花四处飞,
弄得汤姆的帽子和所有东西都湿透,也弄得小船直摇摆,
他潜入船底,又在岸边偷窥,
直到汤姆欢快的歌声渐渐听不见。

*

艾尔弗岛的老天鹅骄傲地从他身边经过,
狠狠地瞪了汤姆一眼,大声地对他哼了一声。
汤姆笑了:"你这只老雄天鹅,你想念你的羽毛吗?
那就给我一根新的!旧的那根早就坏掉啦。
你能否说一句动听的话,那样你会更可爱。
长长的脖子和哑哑的喉咙,却依然傲慢地发出冷笑!
如果有一天国王回来,他会把你带走,
在你的黄嘴上烙上烙印,让你高傲不起来!"
老天鹅扇动着翅膀,发出嘶嘶的声响,把水划得更快,
汤姆跟在他后面划船。

*

汤姆来到柳条河堰坝，顺流而下，
泡沫涌向温德河段，水沫飞溅，水花四起，
推动着汤姆旋转着从石头上方驶过，就像被风吹落的果子，
他像瓶塞一样起伏漂荡，向栅墙的船津漂去。

*

"嗨！这不是留着大胡子、住在森林里的汤姆吗！"
篱尾和荆丘村的小个子居民笑哈哈。
"小心啊，汤姆！我们要用弓箭射死你！
不管是森林里的居民，还是古冢里来的妖怪，
我们绝不允许他们乘小舟或渡船渡过白兰地河。"

*

"呸，小胖子！你别高兴！
我见过霍比特人挖洞躲在里面，
要是长角的山羊或獾盯着他们看，
他们就被吓得屁滚又尿流，
他们还怕月光，甚至躲避月光的影子。
我要叫半兽人来对付你，你肯定一溜烟就跑掉了！"

*

"你大可以去叫，林地居民汤姆。你大可以把牛皮吹上天。
三支箭都射中了你的帽子！我们不怕你！
你现在要去哪里？如果你是为了啤酒，
荆丘村的酒桶不够深，不够给你喝！"

*

"我要过夏尔河,再过白兰地河,
但现在河水太湍急,不适合小舟来行船。
要是小个子们能让我上他们的摆渡船,
那我就祝他们夜晚愉快,早晨乐陶陶。"

*

太阳落在夏尔的另一边,天色渐渐暗淡,
白兰地河红彤彤,像是火焰点燃了河流。
米特河台阶上空无一人。没有人来迎接他。
主道悄悄无声息。汤姆说:"真是一次愉快的会面!"

*

天色渐暗下来,汤姆沿路蹒跚行。
灯芯草岛在前方,岛上灯光闪烁。他听到有人在招呼他。
"吁!"小马停了下来,车轮也停止滚动。
汤姆慢吞吞地走过去,根本不看旁边。

*

"嘿!有乞丐在沼泽地里流浪!
你来这儿干什么?怎么帽子上插着箭!
是有人发现你偷摸潜入,警告你离开?
过来!告诉我你在找什么!
我敢肯定你是在找夏尔啤酒,不过你身无分文。
我会叫他们把门上好锁,让你什么也拿不到!"

*

"好啦,好啦,泥脚!一个人沿着米特河来赴约,
就算来迟了,你这样的欢迎也很粗鲁!

你这个庄稼汉,又老又胖,气喘得走不了路,
　　像麻袋一样被马车拉着,应该更讨人喜欢才对。
在小钱上精明的矮胖子!乞丐可没资格挑三拣四,
　　否则我就请你离开,那样你就什么也得不到。
来吧,马戈特!扶我起来!现在你欠我一杯酒。
　　即使黄昏天色暗,老朋友也应该认出我!"

　　　　　　　　　*

他们笑着驾车往前走,径直过了灯芯草岛没停车,
　　哪怕客栈还开着,麦芽啤酒的味道扑鼻来,
他们还是嘎吱嘎吱地颠簸着穿过了马戈特巷,
　　汤姆在农夫的大车里跳来又跳去,
星光照耀着豆园庄,马戈特的房子里亮着灯。
　　厨房里燃起了炉火,欢迎夜深归家的人。

　　　　　　　　　*

马戈特的儿子们在门口鞠躬,女儿们款款行着屈膝礼,
　　他的妻子拿出了大杯啤酒,为口渴的人解解渴。
他们唱歌,讲欢快的故事,他们吃晚饭,跳舞,
　　男主人马戈特神气灵活地舞动着,
汤姆要么大口喝酒,要么大跳号笛舞曲,
　　女儿们跳着铃铛舞,女主人哈哈笑着。

　　　　　　　　　*

其他人都躺在干草、蕨类植物或羽毛里睡觉了,
　　老汤姆和泥脚凑在壁炉边,头靠着头,
　　　交换着各种各样的消息,

从古冢岗到塔丘,从散步到骑马,
他们谈到了麦穗和大麦,播种和收获,
布里的奇谈怪论,在铁匠铺、磨坊和廉价商店里闲谈的话题,
在飒飒响的树林间流传的谣言,
随着落叶松间吹拂的南风传来的传闻。

*

他们还谈到了渡口高大的守望者,边界地带的暗影。

*

老马戈特终于在余烬旁的椅子上进入了梦乡。
天不亮,汤姆便已离开,他的到来就像一个朦胧的梦,
有快乐,有悲伤,还有一些不易觉察的警告。
没有人听见开门的声音。早晨下起了阵雨,
他的脚印被冲刷干净,在米特河畔他没有留下任何痕迹,
在篱尾,他们没有听到歌声,也没听到沉重的脚步声。

*

他的船在栅墙的船津旁停了整三天,
那之后的一天早上,他又回到了柳条河。
霍比特人说,水獭们趁夜解开了船,
把船拖过堰坝,推到了上游。

*

老天鹅从埃尔韦特岛游过来,
用嘴衔着缆索,拉着船沿河移动,
那样子骄傲又自得。水獭在船边游来游去,
引导船绕过柳树老头歪歪扭扭的树根,

鱼鸟落在船头，鸊鹈在横坐板上歌唱，

他们欢快地带着小船回家。

他们终于来到了汤姆的小溪边。水獭说："喂！没有腿的黑鸭算什么，没有鳍的鱼又算什么？"

啊！傻兮兮的柳条河！船桨都丢啦！

船桨只能长久地待在栅墙的船津，等汤姆把它们找回来。

[3] 游侠

有一个快乐的行者,
他是信使,也曾在大海上乘风破浪。
他建造了一艘镀金的凤尾船,
要乘船远行,
他在船里放了很多黄橙子和燕麦粥,
当作一路上的干粮。
他还用墨角兰、豆蔻和薰衣草,
把船喷涂得香气弥漫。

*

他召唤来了很多艘大商船,
带着货物来载他,
驶过十七条河流,
以免耽搁他上路。
他一个人上岸,
脚下满是鹅卵石,
奔流的德里林河,
永远快乐地流淌着。
他穿过草地,
前往荒芜的暗影之地,
他翻山越岭,

仍在疲倦地漫游。

*

他坐下来高歌一曲,
行侠仗义的旅程因而耽搁。
他乞求一只漂亮的蝴蝶
　　飞过来嫁给他。
她鄙视他,奚落他,
她无情地嘲笑他。
他学了很久魔法,
还有徽记和锻造之术。

*

他编织了一张轻薄的薄纱,
　　诱骗她,跟随她,
他给自己做了一对翅膀,一只用甲虫皮做成,
还有一只用雨燕的茸毛织就。
他用蜘蛛的细丝,
将她牢牢困住。
他用百合花为她搭建了柔软的帐篷,
用各种花卉和蓟花的冠毛为她做了一张婚床,
让她在上面休息,
还有薄薄的洁白丝网,
他给她穿上银光。

*

他把宝石穿在项链上,

但她却行事鲁莽，挥霍无度，
于是他们爆发了激烈的争吵。
他悲伤地继续上路，
留下她独自神伤，
他落荒而逃，一路上颤抖不已，
大风天气接踵而至，
他挥动燕羽，飞身而逃。

*

他走过了许多岛屿，
岛上长着黄色的金盏花，
有无数银色的喷泉，
山峦大川覆盖着一层仙境般的金色。
他参加了战争和突袭，
越过大海去掠夺，
漫步在贝尔玛利亚，
还有塞尔拉米和范特。

*

他使用珊瑚和象牙，
制作了盾牌和头盔，
他用翡翠做了一把剑，
让敌人闻风丧胆。
伊利的精灵骑士，
以及仙境的圣骑士，
他们金发碧眼，

一起骑着马向他发起挑战。

*

水晶制成他的锁子甲,

他的剑鞘由玉髓做成。

他的矛由乌木制造,

银光闪闪,映照圆月。

他的标枪是孔雀石和钟乳石做的,

他挥舞着它们,

去和天堂里的蜻蜓搏斗,

并征服了他们。

*

他和大黄蜂交战,

还与蜂鸟和蜜蜂大战,

赢得了金蜂巢。

在阳光明媚的海面上奔向家园,

乘着树叶和蛛丝制成的船,

以花做华盖,

他坐着,唱着,擦着,

擦亮了他的盔甲。

*

在孤独的小岛上,

他逗留了一会儿,

那里什么也没有,只有野草随风摆动。

最后,他唯一能做的,

便是转身回家。

他带走了蜂窝作为纪念,

他还要送信,办各种差事!

他以前只顾着英勇厮杀,

旅行,马上比武,流浪,

通通都被他抛到了脑后。

*

现在他必须再次启程,

重新驾驶他的凤尾船,

他依然是一个信使,这是他永远的身份,

他是一个行者,在任何地方都只能短暂逗留,

他像羽毛一样四处流浪,

他是乘风破浪的水手。

[4] 谜公主[1]

娇小的谜公主,

甜美又迷人,

就像精灵的歌谣里唱的那样,

她的头发上满是珍珠,

那珠串美丽无双。

她的头巾由

闪着金光的蛛丝编织而成。

还有一条银色的辫子

如星辰一般绕在她的玉颈之上。

她穿着一件编织外套,

如蛾网一样轻盈,

像月光一样皎洁。

在她的外裙上,

围着一条腰带,

缝制着露珠般的钻石。

*

她在白天行走,

身披灰色的斗篷,

---

[1] 原文为"Princess Mee",下文中的"茜公主"原文为"Princess Shee"。

戴着深蓝色的兜帽。
她在夜里出门，
在星光闪耀的天空下，
身上的一切都闪闪发光。
她穿着用鱼鳞做成的
轻脆的拖鞋
随着她的脚步闪烁光华。
她要去舞池，
在那清凉无风
如镜子般的水面上荡起波纹。
就像一层光的薄雾，
在轻盈的旋转中，
散发出玻璃般的光芒。
无论她的脚在哪里，
都会划出一道道银光，
在舞池里快速移动。

*

她往高处眺望，
看向没有屋顶的天空，
又看向幽暗的海岸，
然后她转过身来，
她的目光低垂，
注视着她的脚下。
那里有一位茜公主，

像谜公主一样容颜绝丽,
她们脚趾相接地跳舞!
*

她轻盈而明亮,
就像谜公主一样。
但奇怪的是,
茜公主身体倒垂,
缀满星星的王冠,
化作无底的深井!
她闪亮的眼睛,
带着巨大的惊奇。
那抬起头看向谜公主的眼眸,
实在奇妙至极,
她的头向下摆动
在星海之上!
*

她们只有脚
能互相触碰,
也许是因为那里有路。
也许她们可以找到一片土地,
不用站立其上,
而是悬于天空。
在所有精灵的传说里,
没人能说清,

也没有咒语可以学习。

*

所以谜公主仍是一个人,
是一个独自跳舞的精灵,
一如既往。
头上戴着珍珠,
身着漂亮的长裙,
踩着易碎的拖鞋。
茜公主也早已远去,
她也穿着轻脆的拖鞋,
由鱼鳞做成。
踩着易碎的拖鞋,
穿着美丽的长裙,
头发上满是珍珠的茜公主走了!

[5] 月仙熬夜

有家客栈，一家欢乐的老客栈，
在一座古老的灰山脚下，
他们酿造了一种棕色的啤酒，
夜色深深，月仙下凡喝一宿，
美酒佳酿肚里消。

*

马夫养了一只爱喝酒的猫，
这只猫会拉五弦琴，
琴弓上下划动，
一会儿吱吱高亢，一会儿呼呼低弄，
这会儿，中音轰轰方响罢。

*

店主养了一只小狗，
狗儿就爱把那笑话听，
客人们欢呼雀跃时，
它竖起耳朵，把俏皮话听得痴，
笑到两眼冒金星。

*

他们还养了一头长角的牛，
自负又傲慢像女王，

但音乐让它心醉神又迷,
它把毛茸茸的尾巴摇得急,
在草地上把舞跳得心儿颤。

*

噢! 银盘子摞了一排又一排,
　　银匙也成堆放!
　　在礼拜六的下午,
　细心地擦得锃亮如初,
　待到礼拜日再取出用上。

*

　月仙痛饮美酒与佳酿,
　　猫儿开始高声叫,
　桌上的盘子和勺子在舞动,
花园里的奶牛疯狂地跳跃舞弄,
　小狗追着自己的尾巴来回跳。

*

　月仙又一杯酒下了肚,
　醉得骨碌到了椅子下,
他在那里打瞌睡,梦中也有上等的佳酿,
　一直睡到天空中的星星往下降,
　　黎明终于来相见。

*

马夫对那贪酒猫把话说:
　"月亮上的白马在嘶鸣,

咯咯地把那银嚼子来咬,
但它们的主人却在美酒里沉醉到拂晓,
太阳马上就要升起,天将明!"

*

于是猫嘀嘟嘀嘟拉起小提琴,
稀稀拉拉的琴声,能把死人都唤醒,
高音中音勤转换,曲调逐渐加速度,
店主摇醒了月上仙把话儿诉:
"天光亮,快快醒!"他如此预警。

*

他们把月仙慢慢地推上山,
把他放进月亮里,
他的马儿疾驰入天空,
牛儿跳来跳去,像鹿一样活泼横冲,
盘子跟着勺子一起跑。

*

嘀嘟嘀嘟小提琴的乐声加快,
狗子开始咆哮,
牛和马纷纷倒立,
客人们都从床上跳起,
在地板上跳舞。

*

砰的一声,琴弦断了!
奶牛跳过了月亮,

如此趣味，狗儿见了哈哈笑，
礼拜六的盘子跑远看不见，
礼拜天的银勺子也跟着去。

*

圆圆的月亮滚到了山后。
太阳把头抬起来，
简直不敢相信自己火热的眼睛，
让她惊讶的是，天光白日亮晶晶，
他们全都回去睡大觉！

[6] 月仙下来得太早了

月仙脚穿一双银鞋,
胡须如同根根银线。
猫眼石王冠头上戴,
腰带上缀满了珍珠,
一天身披灰披风去散步,
穿过闪闪发光的地板,
他拿出神秘的水晶钥匙,
打开了一扇象牙门。

*

沿着闪闪发光的金银丝楼梯,
他轻轻地走了下去,
他心中欢喜,终于获得自由,
可以去进行疯狂的冒险。
终日待在白钻般的环境里,快乐早已湮灭,
他厌倦了居住的尖塔,
塔身用高大的月亮石筑成,
独自矗立在月亮山上。

*

为了红宝石和绿柱石,他敢冒任何危险,
只为能使他苍白的衣服更加鲜艳,

他还要用闪亮的宝石、翡翠和蓝宝石制成新的王冠。

他也很孤独，无事可做，

但凝视着金黄的世界，

倾听那遥远的嗡嗡声

欢快地飘荡而来。

*

在银色的月亮到达满月之际，

他的内心对火焰充满了渴望。

苍白透明的光非他所欲，

他渴望的是火红的颜色。

是深红色、玫瑰色和余烬的红色，

是燃烧着火舌的火焰，

是暴风雨来临前，

日出东方天空的猩红。

*

他渴望拥有海洋的蓝色，和鲜活的色彩，

比如森林和沼泽的绿色。

他渴望体验有许多人居住的大地上的欢乐，

他还渴望人类鲜血的赤红。

他渴望欢歌笑语，

还有热腾腾的食物和美酒，

吃着撒满轻柔雪片般糖霜的珍珠蛋糕，

品味清爽的私酿滑入喉咙。

*

他一想到肉食就轻快地移动双脚，
还有那口感丰富的胡椒和潘趣酒，
他在倾斜的楼梯上健步如飞，
犹如一颗流星，
一颗在圣诞前夜飞翔的星子，
却摇摇晃晃地摔倒，
从楼梯摔进泛着泡沫的池子，
那是狂风阵阵的贝尔法拉斯湾[1]。

*

他唯恐自己融化并下沉，
开始思考在月亮上该怎么做才好。
一个渔夫驾着船，发现他在远处漂流，
船员们惊讶地发现，
他们的网捉住了一个东西，浑身湿漉漉，
散发着磷光的光泽，
身上还有蛋白石发出的蓝白光芒，
以及精致清澈的绿光。

*

他们不顾他的意愿，连同早上捕获的鱼一起，
把他送回了陆地。
"你最好在旅馆里找个床位。"他们说，
"镇子距离这里不远。"

---

[1] 贝尔法拉斯湾，又称为"贝尔的风之湾"，位于刚铎南部的沿海区域。

只有一道缓慢的钟声

从海塔的高处传来，

在那个不合时宜的时刻，

昭告着他弃月而走的消息。

*

没有生火，亦无早餐，

黎明时分，潮湿阴冷。

炉火熄灭，只余灰烬，草地里满是淤泥，

太阳就如同一盏冒烟的灯。

在一条昏暗的后街，他连个人影都没看到，

没有人引吭高歌。

倒是鼾声如雷，大家都在沉睡，

还要很久才会醒来。

*

他在经过时敲了敲锁得紧紧的大门，

他大声呼唤，却了无回音。

最后他来到一家旅店，里面灯光闪闪，

他敲了敲窗玻璃。

一个昏昏欲睡的厨师阴沉地看了他一眼，

"干什么？"他说。

"我想要火焰、金子和古老的歌曲，

还要无尽的美酒！"

*

"你在这儿是买不到的。"厨子斜眼说，

"但你可以进来。
我缺银子,身上也需要绸缎,
也许我会让你住一宿。"
凭一件银色的礼物可让门闩打开,
凭一颗珍珠就能穿门而过,
为了在厨师旁边的角落里找个座位,
他又给了二十多颗珍珠。

*

他腹中饥饿,嘴巴干渴,
只能交出自己的王冠和斗篷。
而他得到的一切,都在一个陶罐里。
罐子破破烂烂,被烟熏得漆黑,
里面装着冷粥,已然放了两天,
用木勺舀着送入嘴中。
可怜的傻瓜,来得太早,
圣诞节的李子布丁尚未出炉。
这位来自月亮山的粗心来客,
进行了一场疯狂的冒险。

[7] 石头巨妖

巨妖独自坐在石头上,
嚼着光秃的老骨头,嘴里不停在嘟囔。
多年来,他一直在附近啃着这根骨头,
没有活物从这里经过。
没有!一个都没有!
他独自住在山上的山洞里,
也没有活物从那里经过。

*

汤姆穿着大靴子走上山来。
他对巨妖说:"请问,你啃的是什么骨头?
像极了我叔叔提姆的小腿骨,
他本应该安息在坟墓里,
在洞穴里!在坟墓里!
提姆故去已有很多年,
我还以为他安息在坟墓里。"

*

"伙计,"巨妖说,"这骨头是我偷盗得来的。
可为了什么要把骨头在洞穴里埋?
你的叔叔早已死去,像一团铅块一样了无生命,
然后,我才拿走了他的小腿骨,

小腿骨！小腿骨！
他可以给可怜的老巨妖一根，
因为他不需要他的小腿骨。"

*

汤姆说："我不明白像你这样的怪物，
怎么可以把我父家亲戚的小腿骨吃下肚，
那不是你想拿便可随意拿走。
快把老骨头还回来！
还回来！快还回来！
他虽已死，那骨头依然属于他，
快把老骨头还回来！"

*

巨妖咧嘴笑着说："要弄死你简直易如反掌，
我也要把你吃掉，还要把你的小腿品尝。
新鲜的肉吃下去甘甜又味美！
现在我要在你身上磨磨我的牙。
磨磨齿！磨磨牙！
我厌倦了啃老骨头和干皮，
现在就要把你吃下去磨牙。"

*

他满以为晚餐已经抓到手，
谁知自己的双手里竟然一无所有。
趁他没留意，汤姆就溜到了后面，
狠狠踢上一脚给他点儿教训。

给他警告！给他教训！
汤姆心想，狠狠踹在他的屁股上，
让他永远记住这个教训。

*

巨妖独自在山中坐定，
骨头和皮肉比那石头还要硬。
倒像是一脚踹在山石上，
巨妖的屁股一点儿没受伤。
一点儿没受伤！一点儿没受伤！
听见汤姆疼得直叫，老巨妖哈哈笑，
他知道汤姆的脚趾着实受了伤。

*

汤姆回家后，一条腿从此落下了残疾，
穿不上靴子，瘸腿永远无法分离。
但巨妖不在乎，他依然在那里，
拿着从主人那里偷来的骨头，
偷来的骨头！偷来的骨头！
巨妖的屁股还和以前一个样儿，
他啃着从主人那里偷来的骨头！

[8] 温克尔家的佩里

孤独巨妖坐在一块石头上,
唱着悲伤的歌曲:
"为什么,为什么我必须独自生活
在遥远的山上?
我的亲人纷纷远走,
不把我放在心上。
徒留我一个人,从风云顶到大海,
我是最后一个巨妖。"

*

"我不偷金子,不喝啤酒,
我什么肉都不吃。
但每当听到我的脚步声,
人们还是吓得紧闭大门。
啊,我多么希望双脚干干净净,
手也没那么粗糙!
然而我心地柔软,微笑亦是甜美,
我的厨艺也很了不得。"

*

"得了,得了!"他想,"这可行不通!
我必须去找个朋友。

这次我要放轻脚步,
从夏尔的这端走到那头。"
于是他走啊走,走了一整夜,
脚上穿着皮毛做成的靴子。
他在晨光中来到洞镇,
这时人们刚开始起床。

*

他环顾四周,一个人也没瞧见,
只有邦斯太太,
撑着雨伞,挎着篮子,走在大街上。
他笑了笑,停下来打招呼:
"早上好,太太!祝你愉快!
你身体还好吧?"
可她一下子扔掉了伞和篮子,
吓得惊叫起来。

*

波特市长正在附近散步,
听到那可怕的叫声,
他吓得脸色发青,
连忙钻到了地下。
孤独巨妖很伤心,说:
"不要走!"他温柔地说。
但邦斯太太拔腿就往家里跑,
躲在床下不出来。

*

巨妖继续向集市走去,
从摊位上方窥视。
羊一看到他的脸,就吓得发了狂,
鹅也大为惊骇,扑棱着翅膀越过山墙。
老农夫霍格洒了啤酒,
屠夫比尔丢掉了屠刀,
他的狗——利爪夹起了尾巴,
一路狂奔逃命去。

*

老巨妖伤心又难过,啪嗒啪嗒掉眼泪,
他正好坐在牢洞的大门外,
温克尔家的佩里爬出来,
拍了拍巨妖的头。
"你怎么哭了,大家伙?
你最好待在外面,可别去里面!"
他友好地捶了巨妖一下,
看到他咧开嘴露出笑容,他自己也笑了。

*

"佩里好孩子。"他叫道,
"过来,你就是我要找的好朋友!
你愿意的话,
我可以带你去我家吃茶点。"
佩里跳上巨妖的背,紧紧抓住他,

"出发吧!"他说。
佩里坐在巨妖的膝盖上,
当晚享用了一场盛宴。

*

他们吃了小圆饼、涂了黄油的烤面包,
还吃了果酱、奶油和蛋糕,
佩里吃啊吃,一个劲儿地往嘴里塞,
吃得扣子都快崩开。
水壶烧开了,炉火暖融融,
一口大锅是褐色,
佩里喝呀喝,一个劲儿把茶往嘴里灌,
喝得肚皮都快撑破。

*

待到衣服都绷紧,肚皮要撑爆,
他们都去休息,不再说话,
后来巨妖说:"现在我要开始了,
把面包师傅的绝技都教给你。
怎么把馅面包烤得好,
怎么把薄煎饼做得松软又喷香,
然后你可以睡在石楠花床上,
枕着用猫头鹰的羽绒做成的枕头。"

*

"小佩里,你上哪儿去了?"人们问。
"我参加了一场丰盛的茶会,

饱餐了一顿馅面包,

感觉自己胖了许多。"他说。

"可是,我的孩子,你说的是夏尔的什么地方?

还是远在布里?"人们问。

佩里却站起来,直截了当地回答说:

"无可奉告。"

*

"但我知道在哪儿。"偷窥狂杰克说,

"我看见他坐在别人的背上离开的。

他坐在巨妖的背上,

去了远方的山丘。"

于是所有的人都去了,

他们骑着矮种马,赶着马车,还有的骑在驴身上,

纷纷来到山上的一所房子前,

看见烟囱里冒着烟。

*

他们敲响了巨妖的门。

"美味的馅面包,

请为我们烤吧,烤两个,多烤几个。

烤吧!"他们叫道,"烤吧!"

"回家去,回家吧!"巨妖说,

"我从来没有邀请过你们。

我只在星期四烤面包,

而且只会邀请几个人。"

*

"回家去！回家吧！肯定有误会。

我的房子太小了。

我也没有小圆饼、奶油和蛋糕，

都叫佩里吃光了！

你们，杰克、霍格、老邦斯，还有波特，

我不想再看见你们。

走开！所有人都给我走！

只有温克尔家的少年可以留下来！"

*

温克尔家的佩里吃多了馅面包，

开始变得越来越胖，

他的马甲撑破了，他的脑袋

再也戴不下帽子。

每周四他都去吃茶点，

坐在厨房的地板上，

他的块头越来越大，

衬托得巨妖的块头都小了。

*

温克尔变成了伟大的面包师，

人们把他的事编成歌谣至今仍在传唱。

他的名声从大海传到了布里，

无论他的面包做得美不美味。

怎么也比不上馅面包，

欠缺了丰富的奶油，
巨妖只会在每周四烤这样的面包，
招待他的朋友温克尔家的佩里来享用。

[9] 缪利普[1]

缪利普居住在暗影之中，

那里湿滑漆黑，像墨水一样，

他们摇着铃铛，轻而缓慢，

就像你轻而慢地陷进泥里。

*

谁胆敢敲他们的门，

那必将陷入烂泥，

而怪兽石雕，龇牙咧嘴，盯着下面，

有恶水倾泻而下。

*

在遍地腐烂的河岸旁，

垂柳声声哭泣，

乌鸦们忧郁地站着，

在睡梦中呱呱叫。

*

越过墨洛克山，走了一段漫长而疲惫的路，

在发霉的山谷里，长满了灰色的树木，

在无风无潮的黑池边，

---

[1] 霍比特人传说中的一种邪恶生物，其是否真实存在则无从考究。

没有月亮,也没有太阳,缪利普躲了起来。

＊

缪利普坐在地窖里,

那里深入地下,又湿又冷

点着一支蜡烛,烛光微弱,

他们在那里数着自己的金子。

＊

墙壁湿漉,天花板在滴水,

他们的脚踩在地上,

轻轻拍打,

他们侧身向门口走去。

＊

他们狡猾地探出头来。透过一条裂缝,

他们摸索着伸出手指,

饱餐一顿后,他们会把你的骨头,

装在麻袋里保存。

＊

在墨洛克山那边,走一段漫长而孤独的路,

穿过蜘蛛横行的阴影和托德沼泽,

穿过长着低垂树枝的树木和绞架草的树林,

就可以找到缪利普,他们会把你当点心吃掉。

[10] 毛象

我体灰如鼠,
身形大过屋,
鼻子长似蟒,
踏步过草邦,
大地也摇撼,
树木裂两半。
我行走南方,
长角口中长,
大耳摇又摆。
年年又岁岁,
迈步无停顿,
更无卧地盹,
生命永无尽。
我是大毛象,
身形最高大,
年老又壮硕。
你若见过我,
再难把我忘。
若非亲眼见,
准当我是假。

我是老毛象,
从来不撒谎。

[11] 法斯提托加伦

看,那就是法斯提托加伦!
一个适合登陆的岛屿,
这里一片荒芜。
来吧,离开大海!让我们奔跑吧,
跳舞吧,躺在阳光下!
看,海鸥落在那里!
小心!
海鸥不会下沉。
它们或是坐着,或是昂首阔步,精心打扮自己。
它们的职责是发出暗示,
如果有人敢
在那岛上定居,
或者只是暂时停留一段时间,
缓解一下晕眩,晾干湿透的衣服,
或者煮一壶水。
啊!愚蠢的人们,登陆在岛上,
小团的火焰在燃烧,
也许是希望煮茶喝!
也许是岛的壳很厚,
岛屿似乎在沉睡。但他的速度很快,

现在漂浮在大海里,
心中却暗藏着诡计。
他一听到人们嗒嗒的脚步声,
或隐约感觉到突然传来一阵热度,
他便露出微笑,
随即潜入水中,
立即上下翻转,
他将他们从自己的身上甩下去,他们淹入水里,
愚蠢地送掉了小命,
连他们自己也很吃惊。
吃一堑要长一智!
海里的怪物多得很,
但没有哪个比他更危险,
皮肤粗硬的法斯提托加伦,
他强大的亲人都已离去,
他是最后一条老龟鱼。
如果你想逃出生天,
那么我的建议是这样的,
留心水手们的古老传说,
不要踏足未知的海岸!
最好是,
在中洲好好过平静的日子,
那样才安乐,
才完满!

[12] 猫

席子上的肥猫
似乎是在做梦，
梦中有很多老鼠或奶油，
美味足以供他享用，
但也有另一个可能，
他自由地在思想中漫步，
不屈、骄傲，
大声咆哮着战斗，
他的亲戚，瘦削而单薄，
或者在洞穴深处，
在东方以野兽为食，
还吃娇嫩的人肉。
巨大的狮子，
长着钢铁般的利爪，
长而无情的牙齿，
长在血淋淋的下颚里，
带黑星斑点的豹子，
发足急速狂奔，
往往从高处轻轻向下一跃，
扑到捕食的猎物上，

幽暗的树林……
现在他们已经远去,
凶猛而自由,
但席子上的肥猫,
他早已被驯服。
一直是一只宠物,
他不会忘记这一点。

[13] 影子新娘

从前有个人独居,
白日飘忽过,黑夜如水流,
他像石雕一样静静地坐着,
  却不曾投下阴影。
白猫头鹰栖息在他的头上,
  上方是冬日的冷月。
    他们擦了擦嘴,
以为他死在了六月的星空下。

*

来了一位身着灰衣的女士,
  在暮色中闪闪发光,
  有一刻,她站着不动,
  发丝上盘绕着鲜花。
他醒了,就像从石头上跳起来一样,
  打破了束缚他的魔咒。
他紧紧地抱住她,连肉带骨,
  把她的影子裹在自己身上。
  她再也不会走自己的路了,
  不能伴着太阳、月亮或星星。
    她每天都住在地下,

不再有白日,也不再有黑夜。
但每年一次,当洞穴开启,
隐藏其中的人便会苏醒,
他们一起跳舞直到天亮,
两个人却只有一个影子。

[14] 宝窟

曾经,月亮还是新生,太阳亦很年轻,
　　众神歌颂金与银,
　　　他们在绿草上撒下白银,
　　　　在白色的水里盛满了金子。
在地洞尚未挖开,地狱尚未开启之前,
在矮人尚未诞生,恶龙尚未降世之前,
存在着古老的精灵,他们拥有强大的咒语,
在绿色的山丘脚下,在空洞的山谷里,
　　他们唱着歌,做着许多美丽的事情,
　　　打造了精灵国王的闪亮王冠。
但是他们的厄运降临了,他们的歌声减弱了,
　　受到钢铁刀剑的劈砍,被钢锁链捆绑桎梏。
　　　贪婪不歌唱,也不张嘴微笑,
　　　　他们的财富堆积在黑洞里,
　　　　雕刻的银、雕刻的金,
　　　　　暗影滚滚笼罩精灵之家。

*

在一个黑暗的洞穴里,住着一个年老的矮人,
　　　他的手指敲击着金银。
　　　他挥舞着锤子、钳子和砧石,

不停地干活，直到双手变得坚硬粗糙，
他打造硬币，打造一串串的戒指，
想用这些买到权力，成为国王。
但是他的眼睛变得模糊，耳朵变得迟钝，
老脑壳上的皮肤枯黄暗沉。
在他那带着苍白光泽的瘦骨嶙峋的枯手之间，
石头一样的珠宝悄然滑落。
大地在震动，他却听不见脚步声，
当年轻的龙缓解了焦渴，
小溪在他黑暗的门前升腾蒸汽，
潮湿的地板上燃着火焰，嘶嘶作响，
他孤独地死在火海中，
他的骨头在热泥潭里化为灰烬。

*

灰色的石头下面有一条老龙，
他独自躺着，红眼睛眨着。
他的欢乐已逝，青春不再，
他身上疙疙瘩瘩，满是皱纹，四肢弯曲，
漫长岁月，他和他的黄金锁在一起。
他心中的炉火渐渐熄灭。
他对着金银又是嗅又是舔，
宝石上粘着厚厚一层来自他肚子里的黏液。
哪怕是最小的一枚戒指，他也知道它的位置，
在他黑色翅膀的阴影下。

他躺在硬床上，想象有人偷盗他的珠宝，
　　梦见他将小偷生吞活剥，
　碾碎他们的骨头，喝光他们的血。
　　他的耳朵耷拉着，呼吸急促。
　有锁子甲的声音响起。他并没有听见。
　　一个声音在他深深的洞穴里回响。
那是一个年轻的战士，手持明亮的宝剑，
　　召唤他前去保卫他的宝藏。
　　龙牙如刀尖锐，龙皮坚硬无比，
　但铁剑将他斩杀，他的火焰熄灭了。

　　　　　　　*

有一位年老的国王坐在高高的宝座上。
　　　他的白胡子拖在膝盖上。
　　他的嘴既吃不了肉也喝不了酒，
他的耳朵听不见歌声，他满脑子只能想到，
　　他那带有雕刻盖子的巨大宝箱。
　　苍白的宝石和黄金藏在里面，
　　　在黑暗地下的秘密宝库里，
　　　　铁门坚固无比。

　　　　　　　*

　　他的剑生了锈，变得黯淡无光，
　　他的荣耀已然衰败，他的统治不公，
　　　他的大厅空荡，他的凉亭冷清，
　　但他是国王，掌控着精灵的黄金。

他没有听到山口的号角,
他没有闻到践踏过的草地上的血迹,
但是他的宫殿被烧毁了,他的王国灭亡了。
他的骨头被抛进了一个冰冷的坑里。

*

黑暗的岩石下方有一个古老的宝窟,
遗忘在无人能打开的门后,
那扇阴森的门无人能通过。
坟冢上长着绿草,
羊在那里吃草,云雀在那里飞翔,
风从海岸吹来。
黑夜将守护这古老的宝藏,
大地在等待,精灵在沉睡。

[15] 海钟

我沿着海边行走,迎面看到一个白色贝壳,
如同湿沙上的星光,
恰似海钟一般,
在我湿漉漉的手里颤抖着。
在我颤抖的手指中,我听到它的里面发出了一声钟声,
在一个港口酒吧旁,
一个浮标在摇摆,一声召唤在鸣响,
越过无尽的海洋,变得模糊而遥远。

*

我看到一条船静静地漂浮着,
随着夜潮起起伏伏,空荡而灰暗。
"太晚了!我们为什么还要等待?"
我跳了进去,喊道:"把我带走!"
船带着我离开,溅满水花,
笼罩在薄雾中,沉睡难醒,
来到一片陌生土地上被遗忘的海滩。
在深海之外的暮色中
我听到海钟的钟声随着海浪摆动,
咚,咚,海浪在咆哮,
冲击着隐秘尖牙一般的危险暗礁,

最后，我来到了一个长长的海岸。
它闪烁着白色的光芒，大海沸腾着，
用银网装下漫天的星光，
石崖苍白如骨，
水沫在月光下闪着湿漉漉的光泽。
闪闪发光的沙子从我手中滑过，
如同珍珠粉和宝石粉，
猫眼石如号角，珊瑚似玫瑰，
绿色和紫色的水晶犹如长笛。

*

但在悬崖的边缘下方，有很多阴暗的洞穴，
暗灰色杂草似一道道窗帘。
一股冷风吹动了我的头发，
我匆匆离去，天色暗了下来。

*

一条绿色的小溪从山上流下来，
我掬起水喝下，只觉得放松自在。
沿着喷泉一路向上，来到了一片美丽的乡村，
我从未来过这样的地方，远离大海，
爬进阴影摇曳的草地。
花儿像陨落的星星一样立在那里，
在一片湛蓝的池塘上，水面似玻璃般，阵阵清凉，
睡莲像漂浮的月亮。
在缓缓流淌的河边，水草摆动，

赤杨树在沉睡，柳树在哭泣。
如剑一般的红籽鸢尾守卫着渡口，
形如长矛的绿植，箭一样的芦苇。

*

歌声回荡了整个晚上，
在山谷里飘荡。许多野兽，
跑来跑去。兔子像雪一样白，
田鼠出洞，飞蛾在东飞西撞，
它们长着提灯一样的眼睛，惊讶却不出声，
獾正盯着漆黑的门外。
我听到那里有人跳舞，有乐声随风飘来，
有很多双脚在绿色的地上急速奔走。
但无论我走到哪里，都是一样的。
脚步声立即消失，一切都静止了。
没有人同我打招呼，
只有风笛、人声和山上的号角瞬间消逝。

*

用河边的树叶和一团团灯芯草，
我为自己做了一件宝石绿色的披风，
高高举起权杖，扬起金色的旗帜，
我的眼睛像星光一样闪耀。
我戴着花冠站在一个小丘上，
我尖声呼喊，像鸡鸣一样尖锐，
骄傲地叫道："你们为什么躲起来？

为什么我走到哪里都没人说话?
现在我站在这里,我是这片土地的王,
拿着红籽鸢尾剑和芦苇权杖。
快回应我的召唤!都出来!
跟我说话吧!快点现身!"

*

乌云像裹尸布一样降临。
我像一只黑色的鼹鼠一样摸索着,
摔倒在地,我用手摸索着爬行,
眼睛什么都看不见,脊背弯曲。
我爬向树林,林子里静谧无声,
枯叶已然枯黄,枝丫光秃。
我必须坐在那里,在智慧中游荡,
猫头鹰在空屋里打呼噜。
我要在那里住上一年零一天。
甲虫在腐烂的树上敲打,
蜘蛛在土丘上来回织网,
马勃菌在我的膝盖周围隐约出现。

*

漫漫长夜终于迎来了曙光,
我看到我的头发变白了。
"虽然我弯腰驼背,但我一定要找到大海!
我迷失了自我,不认识路,
让我走吧!"我跌跌撞撞地走着,

好像有一只在捕猎的蝙蝠与我如影随形,
在我的耳畔,摧枯拉朽的风呼呼地刮着,
　　我想用粗糙的野蔷薇遮盖自己。
　　我的双手撕裂了,膝盖磨损,
　　岁月沉重地压在我的背上。
　　雨水带着咸味打在我脸上,
　　　我闻到了海难的味道。

　　　　　　*

鸟儿飞来,啼鸣着,发出阵阵哀号,
　　我听到冰冷洞穴里有人在说话,
　　海豹在吠叫,岩石在咆哮,
　　　波涛在喷水孔里翻涌。
冬天来得很快,我穿过一片薄雾,
　　　去结束我煎熬的岁月。
　　空中飘着雪,头发上结着冰,
　　　黑暗笼罩着最后的海岸。

　　　　　　*

　　　小船还在那里等待,
　　　水涨船高,船头在晃动。
我疲倦地躺着,任由船载我离开,
　　海浪在翻腾,船只穿越大海,
　　　经过落满了海鸥的旧船壳,
　　　还从光亮的大船边驶过,
　　　来到像乌鸦一样黑的避风港,

漆黑的深夜，雪花无声地落下。

*

房屋里的百叶窗都拉着，风在房子周围呼呼地刮着，
路上空荡无人。我坐在一扇门边，
雨水流进排水沟，
我抛弃了我所背负的一切。
我紧握的手里有些沙砾，
一只海贝已经死去，没有了声息。
我的耳朵再也听不到那钟声，
我的脚再也没有踏上那片海岸，
我再也不会在悲伤的小路上，
在死胡同和长街上，
步履蹒跚。我自言自语，
因为我所遇见的人仍不说话。

[16] 最后的船只

费瑞尔在凌晨三点向外望去,
灰蒙的暗夜正在逝去,
远处有一只金色的公鸡,
发出清晰而尖锐的啼鸣。
树木漆黑,黎明的天色苍白,
醒着的鸟儿叽喳叫着,
一阵清风轻轻地吹过,
穿过朦胧的树叶。

*

她看着窗外的微光越来越亮,
直到那长长的光闪烁,
照亮了大地和树叶,也照亮了下面的草地,
灰色的露珠晶莹剔透。
她雪白的脚丫走过地板,
轻快地走下楼梯,
在草地上跳舞,
脚上落满了露珠。

*

她长袍的下摆上镶着珠宝,
她跑到河边,

靠着一根柳树干，
看着河水潺潺流动。
一只翠鸟像石头一样俯冲下来，
如同一道蓝色的闪光落下，
弯曲的芦苇随风轻轻地摆动，
睡莲的叶子缓缓展开。

*

一阵乐声突然飘来，
她站在那里闪闪发光，
在清晨火焰般的霞光下，
秀发垂在肩头，自在飘扬。
有笛子，有竖琴，
还有歌声，
像风的声音，清亮而舒缓，
远处的钟声响起。

*

一艘船缓缓驶来，船上有着金色的船头和船桨，
船身用白色的木料制成。
天鹅在船的前方游水，
在高大的船头前导航。
船上有许多金发碧眼的人，他们来自精灵之国，
身着银灰色的衣服，不停地划桨，
她看见那儿站着三个戴着王冠的人，
闪亮的头发飘逸飞扬。

*

他们一边弹奏竖琴,一边唱歌,
　　船桨缓慢地摆动,
"大地是绿色的,树叶很长,
　　鸟儿在歌唱。
许多日子都有金色的曙光,
　　连大地也被点亮,
许多花儿还会绽放,
　　在玉米地发白之前。

*

"那么,美丽的船夫们,你们顺流而下,
　　要到哪里去呢?
到黄昏,到藏在森林里的秘密巢穴?
　　去北方的小岛和石头海岸,
那里有强壮的天鹅在飞翔,
　　在寒潮中独自居住,
白色的海鸥在哭泣?"

*

"不!"他们回答说,"我们要去远方,
　　走在最后的路上,
离开灰色的西方避风港,
无畏地穿过暗影重重的海洋,
　　我们要重回精灵之家,
　　那是白树生长的地方,

星光洒在水沫之上,
海浪冲击着最后的海岸。
*

"向尘世的田野说再见吧,
放弃了中洲!
精灵之家有悠扬的钟声,
钟在高塔上晃动。
这里草枯叶落,
太阳和月亮纷纷枯萎,
我们听到了远方的呼唤,
那是我们要去的地方。"
*

桨停了下来。他们转过身去:
"听到呼唤了吗,大地少女?
费瑞尔!费瑞尔!"他们叫道,
"我们的船没有满载。
还可再载一人。
来吧!你的日子过得飞快。
来吧!大地少女,美丽的精灵,
这是我们最后的呼唤。"
*

费瑞尔从河岸张望着,
大着胆子往前走了一步,
她的双脚陷进泥土深处,

于是她停下，只是出神凝视。
精灵船慢慢地驶过，
低语声飘过水面：
"我不能去！"他们听见她喊道，
"我生下来就是大地的女儿！"

*

她的袍子上没有闪亮的珠宝，
她从草地上走回来，
来到屋顶和黑暗的门下，
来到房子的阴影下。
她穿上赤褐色的罩衫，
长发编成辫子，
开始了忙碌。
不久，阳光消失了。

*

一年又一年过去了，
时光随着七河流逝。
乌云散去，阳光灿烂，
芦苇和柳树在颤抖，
早晨和黑夜依旧如故，
但再也没有向西航行的船只，
像以前一样穿过凡人的水域，
它们的歌声也渐渐消逝了。

大伍屯的铁匠

Smith of Wootton Major

从前有一个村庄……对记忆力很好的人而言，那段岁月其实并不久远，对腿长的人来说，那座村庄离得也不算太远。这个村庄就是大伍屯。它之所以叫这个名字，是因为它比几英里外树林深处的小伍屯大。其实大伍屯也算不上太大，只是村里当时发展得繁荣兴旺，有很多人住在那里，就和人世间所有的地方一样，那里的人有好有坏，可谓形形色色。

这是一个不同寻常的村庄，里面住着掌握着各种手工艺的匠人，并因此名声在外，但最出名的还是烹饪。村委会有个大厨房，大厨是村里的大人物。厨师住的房子和厨房紧挨着大厅，而大厅是这个地方最大、最古老的建筑，也是最漂亮的。它是用上等的石料和高质量的橡木建造而成的，还得到了很精心的维护，只是不再像从前那样刷着油漆，镀金层也都剥落了。村民们在大厅里举行会议和辩论，公共宴会和家庭聚会也在这里举办。所以厨子总是忙得不可开交，为所有这些场合提供合适的食物。到了节日，人们都认为需要准备丰盛的食物才合适，而一年中有很多节日。

有一个节日受到所有人的期待，因为冬天只有这么一个节日。这个节日会持续一个礼拜，到最后一天日落的时候，会举办一个叫"好孩子盛宴"的狂欢活动，受邀参加的人并不多。毫无疑问，有些有资格受到邀请的人被忽视了，没资格的人反倒受到了邀请。不管安排这些事情的人多么小心翼翼，这种情况都在所难免。不管怎么说，来参加"二十四宴会"的孩子们基本上都是在那天过生日，毕竟"二十四宴会"每隔二十四年才举行一次，只会邀请二十四个孩子。为了这个活动，人们都希望大厨拿出自己最大的本事，除了烹制许多美味佳肴之外，按照传统，他还要制作一个大蛋糕。要是蛋糕做得好，人们就会记住他，毕竟很少有人能在当大厨期间制作两个大蛋糕。

然而，有一次，在位的大厨突然宣布要去休假，大家听了都很吃惊，毕竟这种事以前从未发生过。于是他去度假了，没有人知道他去哪里度假了。几个月后他回来了，看似变了很多。他以前一直是个善良的人，喜欢看到别人玩得开心，他本人却非常严肃，连话都很少。可现在他开朗多了，经常说些可笑的话，做些可笑的事。在宴会上，他也会唱欢快的歌曲，而人们怎么也想不到大厨为什么会变成这样。此外，他还带回了一个徒弟。这件事轰动了全村。

大厨收徒其实谈不上是什么怪事。这很正常。大厨会在适当的时候选一个人当徒弟，还会把自己所知道的一切都教给徒弟。随着师父一天天变老，徒弟一天天长大，学徒将承担更多重要的工作，这样，等到师父退休或去世，徒弟就可以接管工作，成为大厨。但这位大厨从来没有收过徒弟。他总是说"还不到时候"，或者"我一直睁大眼睛挑呢，等遇到合适的，我就会收徒了"。但现在他带回来一个小男孩，而且还不是村里的孩子。这个男孩比伍屯村的孩子更灵活，也更敏捷，说话温和，很有礼貌，只是年纪太小,并不适合厨师的工作,毕竟从外表上看,他充其量也就十几岁。不过,挑选学徒,还是要大厨说了算,谁也无权干涉。于是男孩就留在了厨师家,等他长大以后再找别的住处。人们很快就习惯了他的存在,他也交了几个朋友。大家和厨子都叫他阿尔夫,但对其他人来说,他只是个小学徒。

三年后,又发生了一件出人意料的事。那是一个春天的早晨,大厨摘下了头上那顶高高的白帽子,把干净的围裙叠好,又把厨师白袍挂起来,拿着一根粗棍子和一个小袋子便准备离开了。他向徒弟道别。周围没有其他人。

"现在该说再见了,阿尔夫。"他说,"现在这摊活儿要交给你了,你得尽可能地做好,毕竟历来的厨师都做得不错。希望一切都能顺顺利利。要是我们还能再见面,希望你能告诉我你干得很好。告诉大家我又去度假了,但这次我不会再回来了。"

小学徒把这个消息告诉了来到厨房的人,结果在村子里引起了不小的轰动。"怎么会这样!"村民说,"事先一点儿风声也没有,他也没道个别!现在没有了大厨,我们该怎么办?他都没有留下人接替他的位置。"人们叽叽喳喳地讨论着,却没人想到让小学徒当大厨。他已经长高了一点儿,但看上去仍像个男孩,况且他当学徒才不过三年的光景。

最后,由于找不到更好的人,他们在村里找了个人当大厨,此人倒是也能做几道好菜。他年轻那会儿,曾在大厨忙碌的时候给他做过助手,但大厨一点儿也不喜欢他,不愿意收他当徒弟。他如今已经成为一个还不错的人,娶了妻子,生了孩子,在花钱方面精打细算。"不管怎么说，反正他不是那种不告而别的人。"人们说，"至于厨艺嘛，差是差了点儿，但总比没有强。距离下次制作大蛋糕还有七年呢，到那时候，他应该能应付得了。"

此人名叫诺克斯，对事情的转变非常满意。他一直都盼着当上大厨，而且相信自己有能力胜任。有一段时间，当厨房里只剩下他一个人的时候，他常常戴上高高的白色厨师帽，举着一个擦得锃亮的煎锅当镜子照，说："你好，大厨。帽子很适合你，可能正是专门为你做的。希望你心想事成。"

事情倒是进展得足够顺利。一开始，诺克斯尽了全力去做菜，况且还有小学徒帮他。事实上，诺克斯这个人很狡猾，经常观察小学徒，从他身上学到了很多东西，只是从不承认而已。但随着二十四年庆的临近，制作大蛋糕的事摆在了诺克斯的面前，他不免暗自担心。他做了七年的饭菜，做得出普通场合还过得去的蛋糕和糕点，可他很清楚，所有人都热切期待着他做的大蛋糕，他们的要求很严格，他必须都满足才行。不光只有孩子吃大蛋糕。在宴会上，还必须用相同的材料烘焙小一点儿的蛋糕给前来帮忙的人吃。此外，人们还期望大蛋糕不只是重复从前的做法，还要有一些新颖和惊人的元素。

他的主要想法是，应该把大蛋糕做得很甜，味道要很浓郁。于是他决定在蛋糕上撒满糖霜（小学徒很擅长撒糖霜）。"那肯定会非常漂亮，就跟仙女一样。"他心想。对孩子们的口味，他了解得不多，只知道要和仙女一样漂亮，还要甜甜腻腻。对于仙女什么的，他觉得人长大了就不相信了，但对于甜食，他至今仍非常喜欢吃。"啊！像仙女一样，"他说，"我想到了一个主意。"他突然想到可以拿个小娃娃插在蛋糕中央的最高处，小娃娃要穿着一身白衣，手里拿着一根小魔杖，魔杖的末端有一颗闪亮的金属丝星星，小娃娃的脚上用粉红色的糖霜写上"仙后"。

但是，当他开始准备做蛋糕的材料时，却发现自己对用什么做大蛋糕的蛋糕胚只有模糊的记忆。于是他查阅了一些以前的厨师留下的食谱。那些手写的字迹他能看得懂，可看了之后，他还是一头雾水。食谱里提到了许多他没有听说过的东西，还有些他已经忘记，现在也没时间去找了。但他觉得可以试试食谱中提到的一两种香料。他挠了挠头，想起有个旧的黑匣子，匣子里有几个不同的隔层，上一任大厨把香料和其他做特殊蛋糕的食材都放在了里面。自从接手以来，他一直没有看过黑匣子，但经过一番搜寻，他在储藏室的一个高架子上找到了匣子。

他把匣子拿下来，吹掉盖上的积灰。他打开盒盖，发现香料已经所剩无几，还都干燥发霉了。但在角落的一个隔间里，他发现了一颗小星星，也就是一枚六便士硬币大小，有些发黑，好像是银做的，但失去了光泽。"有意思！"他边说边把它举到灯光下。

"不，一点儿意思也没有！"有个声音突然在他身后响起，把他吓了一跳。是小学徒，他以前从未用这种语气和大厨说过话。事实上，除非诺克斯先跟他说话，否则他很少跟他说什么。诺克斯对他的看法是：作为一个年轻人，他也算举止得体，或许还很会撒糖霜，但他要学的东西还多着呢。

"什么意思，小子？"他不太高兴地说，"怎么叫没有意思？"

"这是小精灵,来自仙境。"小学徒说。

厨师闻言哈哈大笑起来。"好吧,好吧。"他说,"反正意思是一样的。但如果你喜欢,就这么说吧。总有一天你会长大的。现在你可以继续给葡萄干去核了。如果你看到什么有趣的小精灵,千万告诉我一声。"

"你打算怎么处理那颗星星,大厨?"小学徒问。

"当然是放在蛋糕里了。"厨师说,"正合适,尤其是它正好来自仙境。"他窃笑着说,"我敢说,你自己也参加过孩子们的聚会,而且是在不久以前,在那里,像这样的小玩意儿和小硬币之类的东西都会混在糕点里。反正我们村子就是这么做的,孩子们都很喜欢。"

"但这不是小饰品,大厨,这是一颗仙女星。"小学徒说。

"你已经说过了,"厨子厉声说,"很好,我去告诉孩子们。到时候肯定逗得他们哈哈大笑。"

"我不这么认为,大厨。"小学徒说,"但必须告诉他们这件事,没错,必须告诉。"

"你以为你在跟谁说话?"诺克斯说。

最后,蛋糕制作出来了,烘焙好了,也撒上了糖霜,不过大多数工作都是小学徒完成的。"既然你这么喜欢仙女,我就让你做仙后吧。"诺克斯对他说。

"那太好了,大厨,"他回答道,"你太忙的话,就由我来做吧。但那是你的主意,不是我的。"

"我在这个位置上,就是要出主意的,你倒是想出也没资格。"诺克斯说。

宴会上，蛋糕被放在长桌的中间，周围摆了一圈二十四支红蜡烛。蛋糕的顶部犹如一座白色的小山，山坡上长着小树，像结了霜一样闪闪发光。山顶上单脚站着一个雪白的小人儿，就像雪姑娘在跳舞。她手里拿着一根小小的魔杖，上面结着冰，看起来晶莹剔透。

孩子们睁大了眼睛看着小人儿，有一两个拍着手叫道："她真漂亮，像仙女一样！"厨师听了这话大为高兴，小学徒却显得很不开心。这两个人都在宴会现场，到了时间，要由大厨来分切蛋糕，小学徒则要磨好刀递给他。

最后，厨师拿起刀，走到桌子前。"我应该告诉你们一件事，亲爱的孩子们，"他说，"糖霜很漂亮，但下面的蛋糕是用许多好吃的东西做成的，里面还加入了很多漂亮的小玩意儿，小饰品、小硬币什么的，有人告诉我，要是你们能在自己那块蛋糕里找到一个，就会交上好运。蛋糕里有二十四个小物件，要是仙后公平的话，你们每人都能得到一个。但她并不总是公平的，毕竟她有时很是狡猾。对这件事，你们可以问问小学徒，他最清楚了。"小学徒别开脸，端详着孩子们的神情。

"哎呀，我差点儿忘了。"厨子说，"今晚有二十五个小物件。多出来的是一颗小小的银星，那颗星星很特殊，带有魔法，至少小学徒是这么说的。所以要小心！要是你们硌坏了门牙，魔法星星可修复不了。不过我还是觉得能找到它，就代表你们会有特别好的运气。"

蛋糕做得很好，没有人能挑得出错，只是蛋糕大得有些离谱。蛋糕切好了，每个孩子都分得了一大块，但什么也没剩下，也不会再烤别的蛋糕了。切好的蛋糕很快便进了孩子们的肚子，他们不时发现一件小饰品或一枚硬币。有的孩子找到一个，有的找到两个，有的什么也没找到。毕竟，不管蛋糕上有没有一个拿着魔杖的小娃娃，运气向来都是如此。可是，等到蛋糕全吃完了，谁也没发现魔法星星。

"老天！"厨子说，"这么看来，那颗星星根本就不可能是银做的，肯定是融化了。要不就是小学徒说对了，那颗星星确实是有魔法的，凭空消失了，返回仙境了。我倒是觉得这不是什么漂亮的小把戏。"他看了小学徒一眼，笑容里带着一丝揶揄，小学徒也用幽深的眼睛看着他，脸上没有半点儿笑意。

那颗银星确实是一颗仙女星——小学徒是不会在这类事情上犯错误的。事情是这样的：宴会上有个男孩把那颗星星吃了下去，自己却没发现。他本来在自己那块蛋糕里找到了一枚银币，但他把它给了坐在他旁边的小女孩内尔。内尔在自己的蛋糕里没有找到任何幸运纪念物，失望极了。男孩有时会很好奇那颗星究竟到哪里去了，却不知道它一直跟他在一起，藏在一个他感觉不到的地方，这正是星星的本意。它在那里待了很久很久，等待着合适的时机到来。

宴会是在隆冬时节举行的，但此时已经到了六月，夜晚并不会黑到伸手不见五指。男孩天还没亮就起床了，这一天是他的十岁生日，他睡不着。他向窗外望去，整个世界都悄无声息，充满了期待。一阵微风吹来，令人感觉很凉爽，阵阵芳香扑鼻而来，快要苏醒的树木随风摆动着。黎明来临了,他听到鸟儿在远处唱着晨歌,那歌声越唱越响,向他这边飘了过来,响彻整个大地,绕过屋顶,如音乐一般飘向西方。太阳升到了世界边缘的上方。

"真像仙境啊!"他不由自主地说,"但在仙境里,人们也会唱歌。"接着,他也唱了起来,歌声高亢清晰,歌词很奇怪,但他似乎已然烂熟于心。就在那一刻,那颗星星从他嘴里掉了出来,他连忙伸出手接住了它。现在它变成了明亮的银色,在阳光下闪烁着光华。但它颤抖了一下,升起了一点儿,好像要飞走似的。他不假思索地用手拍了拍自己的头,于是那颗星星就留在了他前额的中央,此后多年,他一直戴着它。

村子里没有几个人注意到星星,虽然它并不能逃过细心的眼睛。但它成了他脸上的一部分,平时也不会发光。它的一些光芒转移到了他的眼睛里。随着星光进入他的声音,他的声音也变得越来越动听,后来他渐渐长大,他的声音越发悦耳了。人们喜欢听他说话,即使只是一句"早上好"。

他手艺好,不但在本村,在周围许多地方都出了名。他的父亲是一名铁匠,他跟着父亲学手艺,渐渐地青出于蓝。在他父亲还活着的时候,人们叫他铁匠之子,后来人们就干脆叫他铁匠。那时,他是远伊斯顿和韦斯特伍德之间最好的铁匠,他可以在铁匠铺子里打造出各种各样的铁制品。当然,其中大多数都是简单实用的,用于日常生活,比如农具、木匠工具、厨房用具、锅碗瓢盆、铁条、螺栓和铰链、锅钩、炭架和马蹄铁等。它们坚固耐用,但也透着优雅,造型优美,使用起来很方便,也很好看。

当他有时间的时候,他会乐于做一些特别的铁器。这些东西很漂亮，他可以把铁加工成奇妙的形状，看起来像叶子和花朵一样轻盈精致，却保持着铁的坚固，甚至比铁更坚固。他所做的大门或格栅窗，很少有人会在经过时不停下来欣赏。大门或格栅窗一旦关闭，就没有人能通过。他会一边唱歌一边做这类东西。每当铁匠的歌声响起，附近的人便停下手头的工作，来到铁匠铺前倾听。

这就是大多数人对他的全部了解。这些成就确实足够了，胜过大多数村民，甚至是那些有技术和勤奋的人。但还有更多需要了解的。铁匠逐渐熟悉了仙境，他对仙境里一些地方的了解超过了所有的凡人。不过，由于太多人变得像诺克斯一样，他便很少对别人提起这件事，只告诉了自己的妻儿。他的妻子是内尔，也就是他送银币的女孩，他的女儿叫南恩，他的儿子叫"铁匠之子"内德。他也不可能对他们保密，因为他们有时会看到那颗星星在他的额头上闪烁。他有时晚上会独自一人出去散步很久，有时还会去旅行，回来的时候，星星便会发光。

他不时出门，有时步行，有时骑马，大家都以为他是给别人打铁去了。有时确实是，有时则不然。无论如何，他不是接了活儿，也不是去买生铁、木炭和其他补给品，尽管他对这类事情很用心，而且知道如何像俗话说的那样，把老老实实赚来的一分钱掰成两半花。他是去了仙境，在那里他有自己的事要办，而且，他在那儿很受欢迎。星星在他的额头上闪耀着明亮的光芒，在危险的仙境，他虽然是个凡人，却也很安全。小恶魔躲着那颗星星，大恶魔看到星星护着他，也无法对他下手。

他为此很是感激，很快就变得聪明起来，明白了要想接近仙境里的种种奇观，不可能不遇到危险，此外，要战胜许多恶魔，而这不用凡人根本无法驾驭的强大武器是不可能成功的。他不停地了解，不停地探索，从不表现出好勇斗狠的模样。虽然假以时日，他可以锻造出武器，在他自己的世界里，这些武器的威力足以被编进伟大的传说中，值得获得国王的酬金，但他很清楚，在仙境里，这些武器根本微不足道。因此，在他所造的物品中，从不曾有人记得他锻造过剑、矛或箭。

起初，在仙境中，他大部分时候都待在美丽山谷的树林和草地上，静静地走在那些地位较低的人和比较温和的动物中间，他走在明亮的水边，晚上，水里有奇异的星星在闪烁，黎明时，远处群山的山峰闪闪发光，而这一切都倒映在水面之上。有时候，他逗留的时间很短，只看一棵树或一朵花。但在后来的长途旅行中，他看到了一些既美丽又恐怖的东西，对这些东西，他都记得不太清楚，也没法讲给朋友们听，不过他知道这些东西已经深植在了他的心里。但有些事他并没有忘记，那些奇迹和神秘一直留在他的心间，时常浮现在他的回忆中。

当他第一次开始在没有向导的情况下走出很远的时候，他以为能发现这片土地远处的边界。可只有大山矗立在他的面前，他绕着大山走了很长一段路，最后来到了一片荒凉的海岸。他站在无风之海的边上，蓝色的海浪犹如白雪覆盖的小山，无声地从黑暗之海滚向长长的海滩，在海浪之上，漂荡着从人类一无所知的黑暗边界的战场上归来的白色船只。他看见一艘大船被海浪高高地抛到陆地上,海水泛着泡沫后退,没有发出半点儿声响。船上的精灵水手高大可怕,他们的剑闪动着光泽,他们的矛释放出精光,他们的眼睛里闪耀着尖锐的光芒。他们突然提高了嗓门,唱起了胜利的赞歌。他吓得心都在发颤,于是俯伏在地。他们从他的身边走过,向回荡着歌声的山峦走去。

后来,他再也没有去过那片海岸,他相信自己是在一个四面环海的岛屿王国,他把注意力转向了群山,想要到达王国的中心。在一次漫游中,他被一团灰蒙蒙的雾霭所笼罩,茫然地走了很久,最后,雾霭散去,他才发现自己来到了一片广阔的平原上。远处有一座阴影重重的大山,从那阴影——也就是大山的根基里,他看见国王之树挺拔屹立,犹如宝塔重叠,直插云霄,释放出的光恰似正午的骄阳。它立刻长出了数不清的叶子、花朵和果实,形态万千,各有不同。

后来,他再也没有见过那棵树,尽管他又去找了很多次。在一次寻找途中,他攀上了外山,进入了一个深谷,谷底有一个湖泊,湖面平静无波,不过湖周围的树林则随着微风轻轻摆动着。在那个山谷里,光线就像红色的晚霞,但那光是从湖中发出的。他从水面上方一座低矮的悬崖上往下看,似乎可以望见深不可测的地方。在那里,他看到了奇形怪状的火焰,弯曲、开叉、摇摆,就像海中峡谷里的巨大杂草一样,还有火红的生物在其中来回穿梭。他满怀惊奇地走到水边,用脚试了试,但他触到的东西不是水,反而比石头还硬,比玻璃还光滑。他踩了上去,结果重重地摔了一跤,一声响亮的轰隆声响彻湖面,在湖岸回响。

微风立刻变成了狂风,像一头巨兽一样咆哮,把他卷了起来,抛到岸上,又把他吹上山坡,他像一片枯叶一样旋转着落下。他抱住一棵小桦树的树干,紧紧地抓住不放。风拼命地和他较劲,想把他吹走。风力太猛,那棵桦树被连根拔起,倒在地上,他也被卷在了树枝之间。等到风终于过去,他才站起来,看到那棵小桦树已经变得光秃秃的了。树上连一片叶子都没有了,它潸然而泣,眼泪像雨一样从树枝上滑落。他把手放在白桦树的树皮上,说:"天佑白桦树!我能做些什么来弥补或表示感谢?"他感到树的回答从他的手上传来:"你什么也做不了!"树说,"走开!风在追捕你。你不属于这里。走开,永远不要回来!"

当他爬出山谷时,他感到桦树的眼泪顺着他的脸颊流下来,落在他的嘴唇上,是那么苦涩。就这样,在漫长的旅途中,他的心都碎了,有一段时间他再也没有进入仙境。但是他舍不得放弃,当他再次进入仙境的时候,他更迫切地想要深入那片土地。

最后,他找到了一条穿过外山的路,一直走到内山,那里的山高耸陡峭,令人望而生畏。然而,最后他还是找到了一个可以攀越的隘口。于是他找了一天,聚起自己全部的勇气,穿过一条狭窄的裂缝,尽管什么都不知道,他还是往下望去。他所见到的是永晨山谷,谷中绿意盎然,更胜外仙境的草地,就像外仙境的草地在春天更胜我们的草地一样。山谷里的空气是如此干净,可以看到鸟儿的红色舌头,而这些鸟都在山谷另一边的树上唱歌,而且山谷很宽,鸟儿也不比鹩鹉大。

在山谷的内侧，长长的山坡向下延伸，瀑布汩汩流动的声音响彻四周，他大喜过望，便加速前进。当他踏上山谷的草地时，有精灵的歌声传来。在一片百合盛开的河畔草地上，他看到许多少女在跳舞，她们急速地舞动着，舞步优雅，动作千变万化，他不禁沉迷其中，抬步向姑娘们围成的圆环走去。突然，她们不再跳舞，其中一个留着飘逸的头发，穿着褶边裙的年轻姑娘出来迎接他。

她笑着对他说："你越来越大胆了，星眉，是不是？你不怕仙后知道了，会发落你吗？除非你有她的特许。"他有些发窘，他明白自己是怎么想的，并且知道对方也看穿了自己的心思：他以为额头上的星星就是通行证，想去哪里就能去哪里，可现在他知道这样根本行不通。但她又笑着说："好啦！你来都来了，就和我们一起跳舞吧。"她拉起他的手，把他领进了舞圈。

在那儿，他们一起跳舞。有那么一段时间，他搞清楚了与她一起起舞需要怎样的速度、力量，又是多么快乐。但他们只跳了一会儿，很快便停了下来。她弯下腰，从脚前摘下一朵白花，插在他的头发上。"再见了！"她说，"要是有了仙后的许可，说不定我们还会再见面的。"

他一点儿也不记得那次会面后自己是怎么一路回家的，直到他发现自己正骑着马走在家乡的公路上。在一些村庄里，人们惊奇地盯着他，看着他骑马走出视线。当他回到自己的家时，他的女儿高兴地跑出来迎接他。他回来得比预期的要早，但对于那些等待着他的人来说，多早都不算早。"爸爸！"她叫道，"你上哪儿去了？你的星星是真亮！"

随着他跨进门槛，星光又暗了下来。内尔拉着他的手，把他领到炉边，转过身来看着他。"亲爱的，"她说，"你到哪儿去了，都看到了什么？你的头发上插着一朵花。"她轻轻地把花从他的头上拿下来，放在手上。这朵花看起来仿佛与他们相距遥远，然而它就在那里，花儿发出的光在房间墙壁上投下了阴影，现在是傍晚，房间里变暗了。她面前那个男人的影子若隐若现，巨大的脑袋低垂着看向她。"你看起来像个巨人，爸爸。"儿子说，之前他一直没有开口。

花儿没有枯萎，发出的光也没有暗淡。他们守护着这个秘密，把它当作宝藏。铁匠做了一个带锁的小匣子。匣子就放在那里，在他的家族传了好几代。那些继承钥匙的人有时会打开匣子，久久地注视着那朵活花，直到把匣子再次关闭。而匣子何时关闭，则不是他们可以选择的。

村子里的岁月没有停止流逝，一转眼许多年过去了。铁匠在儿童宴会上得到星星那年还不到十岁。现在很快又要到二十四宴会了，如今，阿尔夫已经成为大厨，并选了一个新徒弟哈帕。铁匠带着活花回来是在宴会的十二年后。在即将到来的冬天，新一届的儿童二十四宴会就要举办了。一天，铁匠走在外仙境的树林里，此时正值秋天。金黄的叶子挂在树枝上，红色的叶子落在地上。身后传来了脚步声，但他没有理会，也没有转身去看，他正沉浸在深思之中。

在那次探访仙境的旅途中，他受到了召唤，所以去了很长时间。在他看来，这次的旅程比以往任何一次都要长。有人给他带路，保护着他，可他却记不清自己都走过了哪些路。常常有迷雾和黑影遮挡他的视线，到最后，他来到了一个高处，头顶上方是繁星点点的夜空。然后，他被带到了仙后的面前。她没有戴王冠，也没有宝座。她只是站在那里，气势威仪，荣耀万丈，她的周围有一大群人，像天上的星星一样闪闪发光。可她比他们那巨大的矛尖还高，她的头上燃烧着一簇白色的火焰。她做了个手势让他走近，他战战兢兢地走上前去。高亢清晰的号角声响起，看哪！此时只剩下了他们两个。

他站在她面前，并没有恭恭敬敬地跪下，只感到沮丧万分，他觉得自己卑微渺小，不管做什么姿态都是徒劳的。最后，他抬起头来，看见了她的脸。她低着头，目光严肃地看着他，他感到既不安又惊奇，因为在那一刻，他认出了她：她就是绿谷里跳舞的美丽少女，鲜花在她的脚下盛开。发现他记起了往事，她微微一笑，向他走近。他们在一起谈了很长时间，但大多数时间进行的都是无声的交流。他从她的思想中学到了许多东西，其中一些给他带来了快乐，另一些则使他充满悲伤。接着，他开始回顾自己的一生，一直回溯到星星在儿童盛宴上降临的那一天，他突然又看到了那个拿着魔杖跳舞的小人儿，他羞愧地把目光从美丽的仙后身上移开。

但她又笑了，就像她在永晨谷时那样。"不要为我伤悲，星眉。"她说，"也不要太为你自己的同胞感到羞耻。有个小娃娃，总比没人记得仙境要好。对一些人来说，这是对仙境唯一的一瞥。对另一些人来说，这是觉醒。从那天起，你就在心里渴望见到我，我也满足了你的愿望。但此外我没什么可以给你的了。在这个离别的时刻,我任命你为我的信使。见到了国王,你要对他说:时机已到。让他做出选择。"

"可是仙后,"他结结巴巴地说,"国王在哪儿呢?"他向仙境里的人问过很多次这个问题,而他们的回答都是一样的:"他没有告诉我们。"

仙后回答说:"如果他没有告诉你,星眉,那我也不会告诉你。但他经常旅行,你可能会在意想不到的地方遇到他。现在,跪下行礼吧。"他依言跪了下来,她弯下腰,把一只手放在他的头上,一阵寂静笼罩着他。他似乎既身在人间,又身在仙界,同时又置身于这两个世界之外,打量着这两个世界。因此,他既感到失去了它们,又觉得自己拥有它们,心中很平静。过了一会儿,那种寂静的感觉过去了,他抬起头站了起来。天空中出现了曙光,群星显得苍白暗淡,仙后不见了。他听到远处号角的回声在山间飘荡。他站着的那片高地寂静而空旷,他知道他现在要走的路将是一条失去之路。

见到仙后的地方现在已被他远远甩在身后了,他在这里,走在落叶中,思索着自己所看到和学到的一切。脚步声越来越近了。突然,一个声音在他身边说:"你要跟我走同一条路吗,星眉?"

他吃了一惊,从沉思中回过神来,只见旁边有个人。这个人个子很高,走得又轻又快。他一身深绿色,戴着的兜帽遮住了部分脸颊。铁匠一头雾水,因为只有仙境里的人才叫他"星眉",但他不记得以前在仙境见过这个人。然而,想到自己应该认识此人,他又感到很不安。"那么你要走哪条路呢?"他说。

"我现在要回你的村子去。"那人回答,"希望你也要回去。"

"我是要回去,"铁匠说,"我们一起走吧。但现在我又想起了一件事。在我踏上回家的旅程之前,一位伟大的女士让我转送一个口信,但我们很快就会离开仙境,我想我再也回不来了。你呢?"

"我会回来的。我可以代替你去送口信。"

"但口信是给国王的。你知道去哪儿找他吗?"

"我知道。口信是什么?"

"女士只让我对他说:'时机已到。让他做出选择。'"

"我明白了。你可以放下这件事了。"

二人肩并肩默默地走着,只有他们脚下树叶的沙沙声清晰可闻。但走了几英里后,当他们还在仙境的范围内时,那人停了下来。他转向铁匠,把兜帽往后掀开。铁匠认出了他。他是学徒阿尔夫,铁匠在心里仍然这样称呼他。他永远记得那一天,小阿尔夫站在大厅里,拿着一把闪亮的切蛋糕的刀,眼睛在烛光下闪闪发光。他现在一定上了年纪,毕竟他当大厨已经有很多年了。但此时此刻,站在外林的边缘,他看上去还是和很久以前的那个小学徒一样,只是厨艺更精湛了。他的头发没有变白,脸上也没有皱纹,他的眼睛闪闪发光,仿佛在反射光芒。

"铁匠,在我们回到你的国家之前,我想和你谈谈。"他说。铁匠闻言大奇,其实他自己也经常想和阿尔夫谈谈,但从来没有成功过。阿尔夫总是和蔼地和他打招呼,用友好的目光看着他,但似乎一直在回避和他单独说话。此时,他正用友好的目光看着铁匠。但他抬起一只手,用食指摸了摸铁匠额头上的星星。光芒随即便从铁匠的眼睛里消失了,铁匠知道那光是来自星星,而且一直以来都闪闪发亮,只是现在暗淡了。他吃了一惊,生气地走开了。

"铁匠老爷,"阿尔夫说,"你不认为现在是时候放弃这东西了吗?"

"这跟你有什么关系,大厨?"他答,"我为什么要放弃呢?它难道不是我的吗?是它找到我的,一个东西主动找上一个人,难道他就不能留着它吗?至少也是个纪念。"

"有些东西可以,例如免费的礼物,就是用来做纪念的。但还有些东西并不是礼物。它们不能永远只属于一个人,也不能当作传家宝珍藏。只能算借。也许你没有想到别人可能也需要这个东西。但事实就是如此。时间不多了。"

闻言,铁匠不禁苦恼起来,他是个慷慨的人,他怀着感激之情想起了星星带给他的一切。"那我该怎么办呢?"他问,"我应该把它交给仙境里的大人物吗?是不是该交给国王?"他说着,心中突然升起了一个希望,这样一来,他就能再次进入仙境了。

"你可以把它给我,"阿尔夫说,"但你可能会觉得这很难做到。你能跟我去我的储藏室,把它放回你外祖父放它的盒子里吗?"

"还有这样的事?我都不知道。"铁匠说。

"除了我,没有人知道。我是唯一和他在一起的人。"

"那么,想必你知道他是怎么得到那颗星星的,又为什么把它放在盒子里了？"

"正是他把星星从仙境里带出来的，这你不用问也知道。"阿尔夫答道，"他把它留下了，希望它能去找你，你是他唯一的外孙。他是这么告诉我的，他认为我可以安排。他是你母亲的父亲。我不清楚她是否告诉过你很多关于他的事，当然前提是她对他有足够的了解。他叫赖德，这个名字的意思是骑手，他是一个伟大的旅行家。在他安定下来当大厨之前，他见过很多东西，也会做很多事。但他在你只有两岁的时候就走了，他们找不到更适合的人，只能让诺克斯接替他，真是个可怜人。不过，正如我们所料，我最终成了大厨。今年我要再做一个大蛋糕。据我所知，我是唯一一个做过两个大蛋糕的厨师。我想把星星放进去。"

"很好，你会如愿以偿的。"铁匠说。他看着阿尔夫，好像在试图读懂他的思想，"你知道谁会找到它吗？"

"这跟你有什么关系，铁匠老爷？"

"如果你知道的话，我很想打听一下，厨师老爷。这样也许能让我更容易舍弃一个我心爱的东西。我女儿的孩子还太小，参加不了宴会。"

"可能是，也可能不是。走着瞧吧！"阿尔夫说。

他们没有再说什么，只是继续赶路，就这么走出了仙境，最后回到了村子里。他们一起走到了大厅。在这个世界上，太阳正在落山，窗户上闪烁着红光。大门上的镀金雕刻闪闪发光，屋檐下的排水管被雕刻成五颜六色的奇异面孔，那些面孔俯视着下方。不久以前，大厅重新上了釉和漆，村务协会对此讨论了许多次。有些人不喜欢,说这"太新奇了",但一些见识广博的人知道,这是向旧习俗的回归。不过,既然不需要任何人花一分钱,一切费用都由大厨一个人承担,他自然可以为所欲为。铁匠还是第一次见到这样的大厅,他站在那里惊奇地看着大厅,忘记了自己的任务。

他感到有人碰了碰他的胳膊,阿尔夫带他绕到后面的一扇小门前。阿尔夫打开门,领着铁匠穿过一条黑暗的通道,进入储藏室。在那里,他点燃了一支长蜡烛,借着烛光打开橱柜,从架子上取下了一个黑匣子。匣子擦得锃亮,上面带有银制的涡卷形装饰。

他打开盖子,把匣子拿给铁匠看。里面有个小隔间是空的。现在,其他的隔间里装满了香料,新鲜而辛辣,铁匠的眼睛受到刺激,开始涌出泪水。他把手放在额头上,星星立即掉落,他突然感到一阵剧痛,眼泪顺着他的脸颊流了下来。星星在他手里又闪动着明亮的光泽,但他看不见它,只看到一团模糊的光,似乎很遥远。

"我看不清楚。"他说,"你得替我把它放进去。"他伸出手,阿尔夫拿起那颗星,把它放在原处,它的光芒随即暗淡了。

铁匠二话没说就转过身,摸索着向门口走去。到了门槛前,他发现他的视线恢复了清晰。时值傍晚,暮星挂在月亮附近,在明亮的天空中闪烁着。他站了一会儿,望着美丽的夜空,他感到有一只手搭在自己的肩上,便转过身来。

"你把星星给了我,没有提出任何要求。"阿尔夫说,"如果你还想知道它会找到哪个孩子,我会告诉你的。"

"我确实想知道。"

"它会去找你指定的人。"

铁匠吃了一惊,没有马上回答。"好吧。"他迟疑地说,"我想知道你对我的选择有什么看法。我相信你没有什么理由喜欢诺克斯这个名字,但是,他的小曾孙要来参加宴会,那孩子叫蒂姆。汤森的诺克斯一家和他不是一类人。"

"我注意到了,"阿尔夫说,"他有一个聪明的母亲。"

"是的,她是我妻子内尔的妹妹。但除了血缘关系,我也很爱小蒂姆。不过他不是一个很明显的人选。"

阿尔夫笑了。"你也不是,"他说,"但我同意你的说法。事实上,我选择的也是蒂姆。"

"那你为什么要我选呢?"

"是仙后希望我这样做的。如果你的选择有所不同,我会让步。"

铁匠久久地注视着阿尔夫,突然深深地鞠了一躬。"我终于明白了,先生。"他说,"你给了我们太多的荣誉。"

"我也得到了回报,"阿尔夫说,"现在平平安安地回家去吧!"

铁匠回到了他在村子西郊的家,发现儿子正站在铁匠铺的门口。他刚刚锁上了门,结束了一天的工作。此时,他站在那里,望着父亲过去旅行回来时常走的那条白色的路。听到脚步声,他惊奇地转过身来,看见父亲从村子里走来,他连忙跑上前迎接他,伸出双臂热烈欢迎他。

"爸爸，我从昨天起就盼着你回来了。"他说。然后，他看着父亲的脸焦急地道，"你看起来累坏了！是不是走了很远的路？"

"的确很远，我的儿子，从黎明一直走到了黄昏。"

他们一起走进了屋子，除了壁炉里的火在摇曳，四周一片漆黑。儿子点燃了蜡烛，父子俩在火炉旁坐了一会儿，一句话也没说。铁匠身心俱疲，还被一股深深的失落感包围着。最后，他回过头来，好像回过神来似的，说道："怎么只有我们两个？"

儿子目光炯炯地盯着他："怎么只有我们两个？妈妈去了小伍屯的南恩家。小家伙过两岁生日呢。他们都盼着你也能参加的。"

"啊，是的。我应该去的。内德，我本来是要去的，可有事耽搁了。我有很多事要考虑，只能暂时把其他的一切都抛在脑后。但我没有忘记汤姆林。"

他把手伸进胸前，掏出一个柔软的小皮夹。"我给他带了点儿东西。也许老诺克斯会说这是不值钱的小玩意儿，但它来自仙境，内德。"他从钱包里拿出了一小块银器。它就像一朵小百合的光滑的茎，最上面长出三朵娇嫩的花，花儿低垂着，像形状优美的铃铛。它们确实是铃铛，他轻轻地摇动，每一朵花都发出了乐声，很轻，但很清晰。随着这悦耳的声音弥漫开来，烛光晃了晃，闪过一阵白光。

内德惊奇地睁大眼睛。"爸爸，我可以看一下吗？"他说着，小心翼翼地接过它，看向花朵里面。"真是不可思议！"他说，"爸爸，铃铛里有股气味，这种气味让我想起了……让我想起了我已经忘记的一些事。"

"是的,铃声响过后,香味还会持续一会儿。但别害怕,内德。这是婴儿玩的小东西。小婴儿不会把它弄坏,也不会受到什么不好的影响。"

铁匠把礼物放回钱包,收了起来。"明天我亲自把它送到小伍屯去。"他说,"南恩、汤姆,还有你妈妈,他们也许会原谅我的。至于汤姆林,他的时间还没到……一个礼拜又一个礼拜,一个月又一个月,还要过很多年才行。"

"你说得对。你去吧,爸爸。我本来也很想和你一起去小伍屯,但我要过段时间才能去。即使我没有在这里等你,我今天也不可能去。手头上的活儿有很多,还会有很多订单源源不绝地进来。"

"不,不,铁匠之子!就当这是个节日吧!我虽然当了外祖父,但这暂时还没有削弱我的臂力。多来点儿订单吧!现在有两个人可以整天干活了。我再也不会出门了。内德,我是说,我再也不会一走就很久不回来了。"

"是吗,爸爸?不知道你额头上的星星到哪儿去了。你很难过吧?"他拉着父亲的手,"我为你难过。但对家里来说,这是有好处的。你知道吗,铁匠老爷,如果你有时间的话,你还有很多东西可以教我。我指的不仅仅是打铁。"

他们一起吃了晚饭,吃完了,他们又在桌旁坐了很久,铁匠给儿子讲了他最后一次在仙境里的所见所闻,以及他想到的其他一些事。然而,关于下一个星星的持有者是怎么选出来的,他没有透露分毫。

最后,儿子看着他说:"爸爸,你还记得你带着花回来的那一天吗?我说你的影子看起来像个巨人。影子就是真相。原来和你跳舞的正是仙后。但你已经放弃了那颗星星。我希望它能到同样有价值的人手里。那孩子应该心怀感激。"

"那孩子不会知道的。"铁匠说,"这类礼物就是这样的。好吧,就这样了。我已经把它交给了别人,现在要回来鼓足劲儿打铁了。"

说来也怪,老诺克斯虽然嘲笑过小学徒,但他自己也对蛋糕上星星失踪不见的事念念不忘,尽管那件事发生在许多年前。他变得又胖又懒,六十岁就退休了(这在村里不算年龄大)。他如今已年近九旬,身材极为肥胖,仍然吃得很多,还酷爱甜食。大多数日子里,他不是在餐桌边大吃大喝,就是坐在小屋窗边的一把大椅子上,天气好时就坐在门边。他喜欢说话,依然有许多意见要发表。但最近,他的谈话主要转向了他做的那个大蛋糕(他现在坚信蛋糕是他做的),每当他入睡,就会梦到那个蛋糕。小学徒有时会停下来和他聊几句。老厨师仍然这么称呼他,还希望对方叫自己为大厨。小学徒小心翼翼地这么做了,这只是他的优点之一,不过诺克斯更喜欢他的其他优点。

一天下午,诺克斯吃过晚饭,坐在门边的椅子上打盹儿。他猛然惊醒,发现小学徒正站在旁边俯视着他。"嗨!"他说,"很高兴见到你,我又想起了那个蛋糕。事实上,我正在想这件事。那是我做过的最好的蛋糕了,说明我厨艺高超。但也许你已经忘记了。"

"我没忘,大厨。我记得很清楚。但什么事让你烦恼?蛋糕很不错,大家都很喜欢,还赞不绝口呢。"

"当然。那蛋糕是我做的。但困扰我的不是蛋糕,是那个小饰品,那颗星星。我不知道它到底去哪儿了。它当然不会融化。我这么说只是免得吓到孩子们。我琢磨着是不是哪个孩子把星星吞下去了。但这可能吗?吞下一枚小硬币倒是有可能注意不到,但不可能是那颗星星。它小归小,可尖角很锋利。"

"是的,大厨。但你真的知道那颗星星是由什么做的吗?别为这件事烦恼了。我向你保证,确实有人把它吞进了肚子。"

"是谁?好吧,我这个人记性很好,不知怎么的,那天的事我记得清清楚楚。我能回忆起所有孩子的名字。让我想想。一定是磨坊主家的莫莉!那孩子贪吃,吃起东西来狼吞虎咽的。她现在胖得像个球。"

"是的,有些人就是这样,大厨。但是莫莉吃蛋糕的时候并没有狼吞虎咽。她在她那块里发现了两件小饰品。"

"是吗?好吧,那就是修桶匠家的哈利。那个男孩胖得像个大桶,有一张像青蛙一样的大嘴。"

"我要说的是,大厨,他是个好孩子,脸上总是带着友好的笑容。不管怎样,他非常小心,先把蛋糕切成碎片才吃。他的蛋糕只是蛋糕,里面什么也没有。"

"那一定是那个脸色苍白的小女孩,布商家的莉莉。她小时候经常把别针吞下去,还没受过伤。"

"不是莉莉,大厨。她只吃了酱和糖,把里面的蛋糕给了坐在她旁边的男孩。"

"那我可猜不出来了。是谁呢?你似乎看得很仔细。不过前提是这一切都不是你编的。"

"是铁匠的儿子,大厨。我认为这对他有好处。"

"继续说呀!"老诺克斯笑着说,"我早该知道你在跟我开玩笑。别胡扯了!那个时候,铁匠还是个文静迟钝的男孩子。现在他倒是爱开口了,听说他很喜欢唱歌。但他很谨慎,从不冒险。他一定会把食物嚼烂了才咽下去,他向来如此,如果你明白我的意思的话。"

"是的,大厨。好吧,既然你不相信是铁匠,那我也没什么可说的了。也许现在已经不重要了。如果我告诉你星星又回到了匣子里,你能不能不再纠结了!就在这里!"

此时诺克斯才第一次注意到小学徒身上穿着一件深绿色的斗篷。小学徒从褶皱里拿出了黑匣子,当着老厨子的面打开。"那儿有颗星星,大厨,就在下面的角落里。"

老诺克斯开始咳嗽和打喷嚏,但最后他还是向盒子里看了看。"确实是那颗星星!"他说,"至少看上去是的。"

"就是同一颗,大厨。几天前我亲自放进去的。今年冬天,还会把它放进大蛋糕里。"

"啊哈!"诺克斯斜眼看着小学徒说,还笑得浑身发抖,"我明白了,我明白了!二十四个孩子,二十四份礼物,那颗星星是多出来的。所以,在烘烤蛋糕前你把星星拿了出来,留着下次用。你一向是个狡猾的家伙,也许有人会说你这是机灵。他们还会说你很节俭,连一滴黄油也不浪费。哈,哈,哈!就是这样。我早该猜到了。好了,这就清楚了。现在我可以安心地打个盹儿了。"他在椅子上调整了一个舒服的姿势,"你可当心点儿,别让你那个徒弟给你来这一招!老话说得好,山外有山,人外有人。"说完,他闭上了眼睛。

"再见,大厨!"小学徒说着啪的一声合上了匣子,厨子听见后便睁开了眼睛。"诺克斯,"小学徒说,"你是个有见识的人,所以我只冒昧地给过你两个提示。第一,我告诉你那颗星星来自仙境。第二,我告诉你它之前一直在铁匠手里。你呢,却在嘲笑我。现在我要走了,我还有件事要和你说。别再笑了!你这个自负的老骗子,又肥又懒又狡猾。你的大部分工作都是我做的。你还从我这里偷学到了你能学到的一切,却连声谢谢都没有。此外,你并没有学会尊重仙境,一点儿礼貌也不讲。你连跟我道声再见的资格都没有。"

"说到礼貌,"诺克斯说,"你辱骂长辈和比你优秀的人,我看你也挺没礼貌的。去和别人胡扯你那些仙境的鬼话吧!再见了,如果你是在等我这么说的话。现在快走吧!"他嘲弄地拍拍手,"要是你有个从仙境来的朋友藏在厨房里,叫他来找我,我也见一见,开开眼。他要是能挥挥他的小魔杖,让我变瘦,我倒是会对他另眼相看。"他笑着说。

"你能抽出一点儿时间给仙境之王吗?"对方回答道。让诺克斯不安的是,就在小学徒说话的时候,他的个子竟然变得越来越高。他把斗篷向后甩开,身上的衣着像宴会上的大厨一样,但那身白衣却闪闪发光,他的额头上戴着一颗大宝石,像是一颗闪亮的星星。他的脸看起来很年轻,神情却很严肃。

"老头子,"他说,"你至少不是我的长辈。你是不是比我优秀我不清楚,反正你倒是经常在我背后嘲笑我。你现在是要公然向我发起挑战吗？"他走上前去，诺克斯哆哆嗦嗦地躲开了。他想大声呼救，却只能发出轻轻的呜咽。

"不，先生！"他嘶哑地说，"别伤害我！我只是一个可怜的老人。"

国王的脸色柔和了。"唉，是啊！你说的是事实。不要害怕！放轻松！但你难道不指望仙境之王在离开前为你做点儿什么吗？我答应满足你一个愿望。再会！现在去睡觉吧！"

他重新披上斗篷，朝大厅走去。还没等他走远，老厨师那双瞪大的眼睛就闭上了，鼾声也响了起来。

当老厨师再次醒来时，太阳已经下山了。他揉了揉眼睛，浑身一激灵，感觉这个秋天有些冷。"啊！真是一场可怕的梦！"他说，"一定是因为晚餐吃多了猪肉。"

从那天起，他变得非常害怕再做这样的噩梦，结果弄得自己几乎不敢吃任何东西，生怕吃多了会心烦意乱，于是他的饭菜变得非常简单清淡。他很快就瘦了下来，身上的衣服变得松松垮垮，皮肤也是皱巴巴的。孩子们都叫他"破布瘦猴"。后来，他发现自己只需要一根拐杖，就又可以在村子里走动了。就这样，他活了很久，可要是他一直那么胖，绝对活不了这么多年。事实上，据说他活到了一百多岁，而这是他取得过的唯一值得纪念的成就。但直到生命的最后一年，人们还能听到他对任何愿意听他讲故事的人说："那个梦是挺吓人，可仔细想想也很愚蠢。仙境之王！唉，他没有魔杖。吃得少了，就会瘦下来。这是很自然的事。合乎情理啊。这里面没有什么魔法。"

二十四宴会到了。铁匠在盛宴上高歌一曲，他的妻子帮忙照顾孩子们。铁匠看着他们又唱又跳,觉得他们比自己小时候更漂亮、更活泼。有那么一刻,他不禁好奇阿尔夫在业余时间会做些什么。任何一个孩子似乎都很适合得到那颗星星。但他的目光主要集中在蒂姆身上。蒂姆胖嘟嘟的,跳起舞来很是笨拙,可他的歌声很甜美。他静静地坐在饭桌边,看着别人磨刀和切蛋糕。突然,他尖声说:"亲爱的厨师先生,给我切一小块就够了。我吃了不少东西,已经很饱了。"

"好吧,蒂姆,"阿尔夫说,"我会给你切一块特别的蛋糕。我想你会发现它吃起来很容易下咽。"

铁匠看着蒂姆,他吃得虽然慢,但显然很开心。当他发现里面没有小饰品或硬币时,脸上流露出了失望的神情。但很快,他的眼睛里开始有光芒在闪耀,他笑了,变得快乐起来,还轻声地唱起了歌。他站起来,一个人开始跳舞,动作中透着一种从未有过的、有些奇怪的优雅。孩子们都笑着鼓掌。

"那么一切顺利,"铁匠心想,"你就是我的继承人了。真好奇星星会把你带到什么奇怪的地方。可怜的老诺克斯。不过,我想他永远也不会知道他的家族里发生了一件多么不可思议的事。"

诺克斯确实不会知道。但是宴会上发生的一件事让他非常高兴。宴会还没结束,大厨就向孩子们和所有在场的人告别了。

"我要说再见了。"他道,"再过一两天我就要走了。哈帕老爷已经准备好接手了。他是一个很好的厨师,正如你们所知,他与你们是同一个村的。我要回家了。我想你们是不会想念我的。"

孩子们高高兴兴地与他告别,并感谢大厨制作的漂亮蛋糕。只有小蒂姆拉着他的手,轻声说:"我很遗憾。"

事实上，村子里有好几户人家有时会非常想念阿尔夫。他的几个朋友，尤其是铁匠和哈帕，对他的离去感到悲伤，因此一直把大厅打理得很好，镀金层和油漆都好好的，以此纪念阿尔夫。然而，大多数人都很满意。他担任大厨有很多年了，村民们并不介意换个人来当。可老诺克斯用手杖在地板上敲得砰砰响，大声说："他终于走了！我太开心了！我从来就不喜欢他。他呀，狡猾着呢。可以说，他这个人太机灵了。"

尼格尔的树叶

Leaf by Niggle

从前有个叫尼格尔的小个子，他必须出一趟远门，可他不愿意去。事实上，他一想到这件事就感到厌恶。但这件事是他怎么也躲不过去的。他知道自己总有一天要出发，却并不急于做准备。

尼格尔是个画家，只是不是很成功，部分原因在于他有许多其他的事情要做。他觉得其中很多事都很烦人，不过，既然摆脱不掉，他也会干得非常出色，而且，（在他看来）这些事往往都是摆脱不掉的。他的国家的法律相当严格。此外还有其他障碍。一方面，他有时无所事事，什么事也不做。另一方面，在某种程度上，他是个心地善良的人。对于心善的人，你也知道，不要他办事比要他办事更叫他不自在。可即便他在做事，也没什么能阻止他抱怨、发脾气和咒骂（主要是对他自己）。尽管如此，他还是会为他的邻居帕里什先生（一条腿有残疾）做了很多零活。偶尔，要是别人来找他帮忙，他也会帮把手。此外，他时不时想起不得不去的旅行，便开始胡乱地收拾几样行李，在这种时候，他就不怎么画画了。

他正在创作几幅画，其中大多数都太大，太有野心，他没有能力完成。他这样的画家，能把树叶画得比真树叶好。他过去常常为了画一片树叶花费很长时间，试图描绘出树叶的形状、光泽，以及叶片边缘上露珠的闪光。他还想画一棵完整的树，所有的叶子都有相同的风格,但又要有所不同。

其中有一幅画尤为使他感到不安。起初,他画的是一片随风飘荡的树叶,接着他又画了一棵树。这棵树开始生长,长出了无数的树枝,伸展开了最奇异的树根。奇怪的鸟儿飞来,落在树枝上。接着,在这棵树的四周和后面,从树叶和树枝的缝隙里,出现了一片田野。隐约可以看到一片森林在大地上蔓延,连绵起伏的山脉上覆盖着积雪。尼格尔对自己其他的画都失去了兴趣。或者说,他把那些画的内容都画在了这幅伟大画作的边缘。不久,画布就变得很大,他不得不找来一架梯子,爬上爬下,在这里添上一笔,在那里擦掉一块。有人来串门,他表现得很有礼貌,不过他的手却在摆弄桌子上的铅笔。他表面上在听人们说话,心里却一直想着他的大画布,一颗心早就飘到了在他花园中为画布搭建的高棚里了(棚子建在一块他曾经用来种土豆的土地上)。

他无法对自己那颗善良的心视而不见。他有时对自己说:"要是我的心肠能硬一点儿就好了。"他的意思是,他希望自己看到别人有了麻烦再也不会于心不忍。但在很长一段时间里,他并没有为任何人的事感到坐立难安。"无论如何,在踏上那该死的旅程前,我都要画完这幅画,画完这幅真正的画。"他常常这样说。然而,他开始意识到,他不能无限期地推迟出发的时间。只能停下画笔,抛下那幅画,无法继续发展、完成。

一天,尼格尔站在离那幅画稍远一点儿的地方,以不同寻常的专注和超然的态度审视着画面。他说不准自己对这幅画的看法,真希望能有个朋友指点一下。事实上,他觉得这幅画实在是不能让人满意,却又非常漂亮,是世界上唯一一幅真正美丽的画。在那一刻,他最希望看到的是自己走进来,拍拍他的背,(十分真诚地)说:"画得太棒了!我完全明白你的意思。继续画吧,不要为别的事操心!我们会给你一笔公共养老金,这样你就不用去干别的事了。"

然而,并没有什么公共养老金。有一点他很清楚,要完成这幅画,即使是现在的尺寸,也须他专注其中,不间断地努力创作。他卷起袖子,开始集中精神。几天来,他尽量不为其他事情操心。可突然发生了很多事,让他无法继续作画。他的房子出了问题,他得到镇上去当陪审员,一位远方的朋友生病了,帕里什先生因腰痛卧床不起,还总是有人来做客。当时正值春天,人们都想来乡下享受免费的茶点。尼格尔住在一所舒适的小房子里,离城镇有好几英里远。他在心里咒骂着他们,但他不能否认的是,正是他本人在前一年的冬天亲自向他们发出了邀请,当时他还不觉得与城里的熟人去逛商店、喝喝茶是一种"打扰"。他试着硬起心来,却没能成功。许多事情,不管他是否觉得是义务,都狠不下心来拒绝;还有些事,不管他怎么看待,都不得不去做。有些来拜访他的人暗示说他家的花园有些荒废,说不定会有巡视员因此找上门来。当然,很少有人知道他的画。但即便他们知道,也不会有太大区别。我估摸他们肯定会觉得那幅画无关紧要。我敢说,那幅画其实也算不上上品,虽然有些部分可能画得还不错。不管怎么说,画中的树透着奇异,可以说是非常独特。尼格尔也一样,虽然他也是个非常普通、相当愚蠢的小个子男人。

终于,尼格尔没有多少时间可以浪费了。他在遥远的镇上的熟人开始记起小个子男人需要去进行一次艰难的旅行,有些人开始计算他最多能推迟多久才动身。他们琢磨着谁来替他照管房子,这个人能不能把他的花园打理得更好一些。

秋天来了,天气很潮湿,还经常刮风。小个子画家一直待在棚子里画画。他站在梯子上,试图画下西沉的夕阳照射在雪山顶上的光芒,而在画中的大树的一根长满树叶的枝杈尖端的左边,可以瞥见这座雪山。他知道自己很快就要启程了,也许是在来年的年初。到那个时候,他也许只能勉强画完这幅画,至于画的质量,就不能计较了。有一些角落,他只能用寥寥的线条描绘一下自己想画的东西,根本没时间仔细去画。

这时候有人敲门。"进来!"他厉声说,爬下梯子,站在地板上清理画笔。来人是他的邻居帕里什,也是他唯一真正的邻居,毕竟其他人都住得很远。然而,他不太喜欢这个人,部分原因在于这个人总是麻烦缠身,需要帮助,还因为他不喜欢绘画,但对园艺非常挑剔。当帕里什看到尼格尔的花园(他经常去看)时,他看到的大多是杂草,他看向尼格尔的画(却很少看),看到的则只有绿色和灰色的色斑以及黑色的线条,而在他看来,这些毫无意义。他不介意提到杂草(毕竟邻居有义务这么做),但他对那些画没有发表过任何意见。帕里什认为这是友善的行为,他不明白的是,即使这是仁慈,也不够仁慈。要是他能帮忙除草(或许再称赞一番画作)就更好了。

"帕里什,怎么了?"尼格尔问。

"我知道我不该打扰你的。"帕里什说(甚至都没有看一眼那幅画),"想必你一定很忙。"

尼格尔本来也想这么说的,但他错过了机会。于是他只说了一句:"是的。"

"可是我没有别的人可以求助了。"帕里什说。

"一点儿不错。"尼格尔叹了口气,说道。人们只会在私下里发出这样的叹息,只是他的叹气声有些大了。"我能为你做些什么?"

"我的妻子病了好几天了,我很担心。"帕里什说,"起风了,我家屋顶上的瓦片被刮掉了一半,卧室里全是雨水。我想我应该去请医生来一趟。我还得找几个建筑工人,只是他们要过很久才能来。所以我来问问你有没有多余的木头和帆布,我也好遮一下雨,撑个一两天。"现在他终于看到了那幅画。

"天哪,天哪!"尼格尔说,"你还真够倒霉的。但愿你老婆只是得了感冒。我马上就来,帮你把病人挪到楼下去。"

"非常感谢。"帕里什相当冷淡地说,"可她得的不是感冒,她发烧了。要只是感冒,我是不会来打扰你的。我老婆已经在楼下的床上了。我腿脚不灵便,没法端着托盘上下楼。但我现在知道你很忙了。麻烦你了,真抱歉。我现在这么个情况,所以我希望你能抽出时间去请医生。而且,要是你真的没有多余的帆布,还得请你去找一下建筑工人。"

"当然。"尼格尔说。他心里可不是这么想的,但此刻他的心很柔软,没有任何感情,"我可以去。如果你真的担心的话,我就去。"

"我很担心,非常担心。要是我的腿不瘸就好了。"帕里什说。

于是尼格尔去了。你看，这样的事实在叫人左右为难。帕里什是他的邻居，其他人又都离得很远。尼格尔有一辆脚踏车，而帕里什没有，即便有他也骑不了。帕里什有一条腿是瘸的，这一点毫不掺假，折磨得他苦不堪言。不光必须记住这一点，也必须记住他那副闷闷不乐的表情和哀怨的声音。当然，尼格尔正在画一幅画，他想把画画完，可时间很赶。但这似乎是帕里什必须考虑的事情，而不是尼格尔。不过，帕里什并没有想到画画的事。尼格尔对此也是无能为力。"见鬼！"他下了脚踏车，自言自语道。

天气很潮湿，风也很大，天色渐渐暗了下来。"今天没法继续画画了！"尼格尔心想。骑脚踏车来的这一路上，他不是在咒骂自己，就是在想象他的画笔在描绘大山，描绘山边的一团团树叶，他早在春天时就设想过这些画面了。他的手指在车把上不停地抽动。现在他走出了小屋，完全明白了该怎样处理映衬着远处山景的晶莹树叶。但他心里有一种不祥的感觉，很担心自己再也没有机会去尝试了。

尼格尔找到了医生，还在建筑工人家里留了张纸条。作坊关了门，建筑工人回家去炉边烤火了。尼格尔浑身都湿透了，自己也着了凉。医生没有像尼格尔那样迅速出发。他第二天才到，还是顺道来的，因为附近的人家还有两个病人。尼格尔躺在床上，发着高烧，在他的脑海里和天花板上都出现了很多奇妙的图案，有的是树叶，还有的是缠绕的树枝。后来他得知帕里什太太只是得了感冒，已经可以下床了，他并没有感到安慰。他把脸转向墙壁，把自己埋在树叶里。

他必须卧床一段时间。风还在刮。帕里什家又有许多瓦片被风吹走了，尼格尔家的一些瓦片也被吹走了，他家的屋顶开始漏雨。建筑工人并没有来。尼格尔不在乎，迟个一两天也无所谓。他费力地起身去找吃的（尼格尔没娶老婆），帕里什并没有过来照顾他，他淋了雨，他的腿又开始疼了。他的妻子正忙着用拖把擦干雨水，怀疑"那位尼格尔先生"忘了去找建筑工人。要是她觉得需要去借点儿什么有用的东西，那不管帕里什是不是腿疼，她都会打发他去借。但她看不出需要借什么，于是尼格尔可以清静一阵子了。

大约过了一个星期，尼格尔摇摇晃晃地回到了画棚。他试图爬上梯子，但脚一踩上去就感觉头晕目眩。他只得坐下来看画，但那天他的脑海里没有树叶的图案，也没有山脉的景象。他本可以画一幅沙漠远景，但他没那个精力。

第二天，他觉得好多了，便爬上梯子，开始作画。他刚要重新投入进去，就听见有人敲门。

"该死的！"尼格尔说。但他还不如礼貌地说句"进来吧！"，毕竟门还是开了。这次进来了一个非常高的男人，看面相很陌生。

"这里是私人画室。"尼格尔说，"我很忙。快走吧！"

"我是房屋检查员。"那人说着举起委任状，好让梯子上的尼格尔看到。

"啊！"他说。

"你邻居的房子损坏得很严重。"检查员说。

"我知道。"尼格尔说，"很久以前我就给建筑工人留了张便条，但他们一直没来。后来我自己一直在生病。"

"明白了。"检查员说，"但是你现在病好了。"

"但我不是建筑工人。帕里什应该向镇议会投诉，并向紧急服务中心求助。"

"他们忙着处理比这里更严重的灾情。"检查员说，"山谷里发生了洪水，许多家庭无家可归。你本应该帮助你的邻居临时修理一下，在修理的费用超出必要的范围之前，防止损失扩大。法律是这么规定的。这里有很多材料，帆布、木头、防水漆，全都有。"

"在哪里？"尼格尔愤怒地问。

"那儿！"检查员指着那幅画说。

"那是我的画！"尼格尔喊道。

"我敢说是的，"检查员说，"但房子是第一位的。这是法律。"

"可是我做不到……"尼格尔并没有把话说完，这时又进来了一个人。他与检查员很像，几乎是他的翻版：个头高大，穿着一身黑衣服。

"过来！"他说，"我是车夫。"

尼格尔跌跌撞撞地从梯子上下来。他似乎又发烧了，脑袋晕晕乎乎的，感到浑身发冷。

"车夫？车夫？"他说，牙齿在咯咯作响，"什么车夫？"

"驾车送你的车夫啊。"那人说，"车早就订好了，现在终于来了。就在外面停着呢。你知道，你的旅程，今天就得开始了。"

"现在就动身吧！"检查员说，"你必须去，但这样开始你的旅程，确实很糟糕，毕竟你的工作还没有完成。不过，现在这张画布至少可以派上用场了吧?"

"老天!"可怜的尼格尔说着掉起了眼泪,"还没画完呢!"

"没有完成!"车夫说,"但至少对你来说,一切都结束了。走吧!"

尼格尔一声不吭地走了出去。车夫没有给他时间收拾行李,说他早该收拾好了,不然他们就赶不上火车了。尼格尔所能做的就是在大厅里拿了一个小袋子。他发现袋子里只有一个颜料盒和他的一小本素描册,既没有食物,也没有衣服。他们赶上了火车。尼格尔觉得又累又困。他似乎什么也感觉不到了,只是任由别人把自己塞进车厢。他并不怎么在乎,他已经忘记了自己应该去哪里,也不记得要去干什么。火车几乎立刻就开进了一条黑暗的隧道。

尼格尔醒来时,发现自己置身于一个又大又暗的火车站里。一个搬运工沿着站台喊叫,但他喊的不是那个地方的名字,他喊的是"尼格尔!"

尼格尔急匆匆地走了出去,发现自己把小提包忘在了车上。他转身去拿,但火车已经开走了。

"啊,你在这里!"搬运工说,"走这边!什么!没有行李吗?那你只能去济贫院了。"

尼格尔感到很不舒服,昏倒在了月台上。他们把他抬上救护车,送到了济贫院的医务室。

他一点儿也不喜欢这种待遇。他们给他吃的药很苦。官员和护理员都不友好,沉默寡言,还很严厉。除了一位非常严厉的医生偶尔来看他,他从没见过其他人。与其说是他在医院,不如说是在监狱。他不得不在规定的时间里努力工作：挖土、做木工、给光秃秃的木板涂上同一种颜色的油漆。他们不允许他出门，所有的窗户都是朝里开的。他们还会让他在黑暗中连续待上几个钟头，"让他好好想想。"他们如是说。他已经算不清时间了。如果以他做事是否感到快乐为判断标准的话，他甚至没有感觉好一点儿。他对任何事都提不起兴趣，甚至不想上床睡觉。

起初，在第一纪元左右（我只是在表述他的印象），他常常漫无目的地为早已过去的事担忧。他躺在黑暗中，不断地纠结着同一件事："要是起大风后的第一个上午我去找帕里什就好了。我本来是想去的。那时候瓦片刚刚松动，还很好修理。那样的话，帕里什太太就不会感冒了。那我也不会感冒了。这样的话，我就多了一个礼拜的时间。"但过了一段时间，他忘了自己想多要一个星期的时间是为了什么。如果此后他还会为什么事担心的话，那就是他在医院的工作。他做好了计划，想着要多迅速才能让木板不再吱吱作响，把门重新挂起来，或者把桌腿修好。也许他真的变成了一个有用的人，尽管从来没有人这样告诉过他。但是，这当然不是他们把这个可怜的小个子男人关这么久的原因。他们可能一直在等待他好转，并用自己的一套奇怪的医学标准来判断他是否"好转"了。

不管怎么说，可怜的尼格尔并没有从生活中得到快乐，反而失去了他过去所认为的那种快乐。他当然不会觉得有什么可愉快的。但不可否认的是，一种心满意足的感觉开始在他的心里滋生。这就像是感觉面包胜于果酱。铃声一响，他就开始做一件事，铃声再响，他就放下手里的活，把东西收拾得整整齐齐，准备在适当的时候继续做。现在,他在一天之内要做很多工作,把小事处理得妥妥帖帖。他没有"自己的时间"(除了独自待在卧室的时间),但他正在成为自己时间的主人。他开始了解如何安排时间,不再匆忙。现在,他的内心平静多了,可以在休息时间得到真正的休息。

就在这个时候,他们突然改变了他所有的作息时间。他们几乎不让他上床睡觉,不再让他做木工活,只让他日复一日地干一件事,那就是挖土。他欣然接受了。过了好长一段时间,他才开始在脑海深处寻找那些他几乎已经忘记的咒骂。他继续挖,挖到脊背都要折断了,双手也磨破了皮,他觉得自己再也挖不动一锹了。没有人感谢他。但是医生过来看他。

"别再干了!"他说,"在黑暗里彻底休息。"

尼格尔躺在黑暗中,开始了彻底的休息。他没有任何感觉,也不曾进行思考,据他所知,他在那里躺了既可能是几个小时,也可能是几年。但现在他听到了说话声,不是他以前听过的声音。说话的似乎是医学委员会成员,也可能是调查法庭的人,离得很近,就在隔壁房间,那个房间的门可能是开着的,虽然他看不见任何光线。

"现在说说尼格尔的案子。"一个透着严厉的声音说,比一直看护他的那个医生还要严厉。

"他怎么了?"第二个声音说,这个声音很轻,却并不温柔,反而透着威严,听起来既充满希望又悲伤,"尼格尔有什么问题?他的情绪还不错。"

"是的，可他的情绪也不太正常。"第一个声音说，"他的大脑也很混乱，他很少思考。看看他浪费了多少时间，连自娱自乐都没有！他从来没有为这趟旅行做好准备。他本来还算富裕，但来到这里时却身无长物，不得不被安置在贫民病区里。恐怕情况不妙，我认为他应该再待一段时间。"

"这也许对他没害处。"第二个声音说，"当然，他只是个小个子。他本来就没有什么了不起的成就，从来都谈不上坚强。看看记录吧。是的，你知道，他还是有一些优点的。"

"也许吧。"第一个声音说，"但真正经得起检验的很少。"

"嗯。"第二个声音说，"这些优点还是不错的。他是个很有天赋的画家，当然成不了什么大画家。尽管如此，尼格尔画的叶子还是别有一番魅力的。他花费了很大的精力画那些树叶，他就是想把树叶画好，但他从未奢望自己能因此功成名就。在他的记录中，没有记载他假装说这是他忽视法律规定的借口，哪怕对着他自己也没有。"

"那么他就不应该忽视这么多。"第一个声音说。

"尽管如此，他还是帮助了很多人。"

"但那只是一小部分而已，而且其中大部分请求都很简单，他还说这是在干扰他。记录里全是这个词，还有许多抱怨和愚蠢的咒骂。"

"这的确是事实。但是，在这个可怜的小个子看来，这些确实是干扰。还有一点，他从不指望任何回报，他那类人常常这么说。还有帕里什的案子，就是后来的案子。他是尼格尔的邻居，从来没有为他做过一件事，也很少表示谢意。而记录中并没有显示尼格尔期望得到帕里什的感激,他似乎从来没有这么想过。"

"对,这一点很重要,但算不上关键。"第一个声音说,"我想你会发现尼格尔经常忘事。他觉得那些他必须为帕里什做的事很讨厌,所以会抛诸脑后。"

"不过,还有最后一件事,"第二个声音说,"就是那次冒雨骑脚踏车去找医生。我认为这一点非常重要。很明显,这是一种真正的牺牲。尼格尔想到了他这是在放弃作画的最后机会,他也想到了帕里什的担心其实毫无必要。"

"我觉得你有点儿小题大做了。"第一个声音说,"但最后的决定权在你手里。当然,对事实做出最好的解释是你的任务。有时确实需要解释一下。你有什么建议?"

"我认为现在应该采取温和一点儿的治疗。"第二个声音说。

尼格尔觉得自己从来没有听到过这样慷慨的声音。这个声音说出"温和治疗"几个字时,听起来像是送了他一大堆丰厚的礼物,像是国王召唤他去赴宴。尼格尔突然感到一阵羞愧。听到别人觉得应该对他进行温和治疗,他大为感动,竟在黑暗中脸红了。这就像有人公开表扬你,而你和所有的听众都明白你根本不配。尼格尔拉过粗糙的毯子,盖住了自己的红脸。

一阵沉默过后,第一个声音在离得很近的地方对尼格尔说:"你一直在听。"

"是的。"尼格尔说。

"好吧,你有什么要说的?"

"能给我讲讲帕里什吗?"尼格尔说,"我很想再见到他。但愿他病得不是很重。你能治好他的腿吗?腿上的毛病一直折磨着他。请不要担心我和他。他是一个非常好的邻居,他卖给我上好的土豆,要价还很低,这节省了我很多时间。"

"是吗?"第一个声音说,"听你这么说我很高兴。"

又是一阵沉默。尼格尔听见那些声音渐渐远离。"嗯,我同意。"他听到第一个声音在远处说,"让他继续下一个阶段吧。只要你愿意,就从明天开始吧。"

尼格尔醒来时,发现百叶窗被拉开了,他的小病房里洒满了阳光。他站起身来,发现有人给他准备了一些舒适的衣服,而不是医院的病号服。早饭后,医生给他敷了些药膏,他的手马上不疼了。他给了尼格尔一些很好的建议,还给了他一瓶汤力水[1](以防他需要)。上午,他们给了尼格尔一块饼干和一杯红酒,又给了他一张车票。

"你现在可以去火车站了。"医生说,"搬运工会照顾你的。再见。"

尼格尔悄悄地走出大门,眨了眨眼睛。阳光很刺眼。他还以为自己出了医院大门后会来到一个很大的镇子,要与车站的大小相称,但事实并非如此。他此时所站的是一个山顶,长着绿色的植物,没有其他的建筑,阵阵冷风吹过,让人立马打起精神。周围连个人影都没有。在山下,他可以看到车站的屋顶闪闪发光。

他轻快地向山下的车站走去,但并不匆忙。搬运工立刻认出了他。

---

[1] 汤力水,一种由苏打水、奎宁提取物等制成的饮品,最初被用作药物。

"走这边！"他说着，把尼格尔领到了一片山间平地，那里停着一列很小却非常舒适的慢车，只有一节车厢和一个小火车头，都很明亮、干净，而且刚刷过漆，看起来像是第一次投入使用。就连车头前面的铁轨看起来也是崭新的，铁轨闪闪发光，椅子被漆成了绿色，枕木在温暖的阳光下散发出新鲜柏油的香味。车厢里是空的。

"这列火车开往哪里，搬运工？"尼格尔问。

"我想他们也没想好呢。"搬运工说，"一切都将很顺利的，别担心。"他关上了门。

火车马上开动了。尼格尔向后靠在座位上。小火车头沿着一条深沟疾驰而去，两侧是高耸的绿色斜坡，头顶上的天空一片蔚蓝。似乎没过多久，火车头就鸣了一声笛，刹车拉动，火车停了下来。这里没有车站，也没有标志牌，只有一段台阶通向绿色的路堤。在台阶的顶端，一段整齐的树篱中间有一扇小栅门。他的脚踏车就停在门边，至少那辆脚踏车看起来像他的那辆。栏杆上系着一个黄色的标签，上面用很大的黑色字母写着"尼格尔"。

尼格尔推开栅门，跨上脚踏车，在春天的阳光下迅速骑车下山。没过多久，他就发现他出发时所走的那条小路不见了，脚踏车正滑过一片奇妙的草地。草地上的草青翠茂密，他却能清楚地看到每一片草叶。他好像记得自己在什么地方见过或梦见过这片草地。不知怎的，这片起伏的土地有种熟悉的感觉。是的，眼下地面变平了，这是理所当然的，跟着地面又开始上升，这也在预料之中。一片巨大的绿色阴影挡在他和太阳之间。尼格尔抬起头，从脚踏车上摔了下来。

他的面前矗立着那棵树，那是他画的树，已经画完了。可以说那棵树就像有了生命一样，树叶张开着，枝杈在生长，被风吹得弯了腰。尼格尔经常都能感觉到或猜测到，但往往描绘不出这样的画面。他凝视着大树，慢慢地举起双臂，向两侧伸展。

"这是礼物！"他说。他指的是他的艺术，也指的是结果，但此时他的话就是字面意思。

他继续注视着大树。所有他曾经辛勤创作的叶子都在那里，都是他想象出来的样子，而不是他亲手画出的样子。还有些叶子，他只是在心里做了个构思，还有很多树叶，他只是初步想了想，还来不及构思。树叶只是精致的叶子，上面什么也没写，但创作它们的日期像日历一样清楚。一些最漂亮的叶子，也是最具特色、最完美的尼格尔树叶，被认为是与帕里什先生合作创作的，此外没有别的可能。

鸟儿在树上筑巢。奇妙的鸟儿，它们的歌声是多么动听！它们在交配、孵化、长翅膀，在他的注视下，它们唱着歌飞进了树林。现在，他看到树林也在那里，在两边延伸着，一直到远方。群山在远处闪烁。

过了一会儿，尼格尔转向树林。倒不是因为他看腻了大树，而是他现在已经把树上的一切都记在脑海里了，即使不看，他也能意识到它的存在，感觉到它的生长。走开时，他发现了一件怪事：树林自然在很远的地方，但他可以接近，甚至进入林子里，不会错过它独特的魅力。以前，他每次到远处散步，都会将周围的风景画入画中。这确实给在乡间散步增添了相当大的吸引力。随着往前走，便又拉开了距离，所以现在有了两倍、三倍，甚至是四倍的距离，以及两倍、三倍，甚至是四倍的吸引力。你可以一直这样走下去，在一个花园里或者在一幅画里（如果你喜欢这样称呼的话）拥有整个乡野。你可以一直走下去，但也许不能永远这样。背景是群山。它们确实慢慢地靠近了。它们似乎不属于这幅画，或者只是与别的东西有着联系，是透过树丛瞥见的另一种不同的东西，是另一个阶段，另一幅画。

尼格尔走来走去，但他不仅仅是在闲逛。他仔细地环顾四周。大树已经完成了，虽然还不是……"只是用另一种方式描绘出了它原本的样子。"他心想。但树林还有很多不确定的地方，还需要描绘和思考。就目前而言，一切都不需要再改变，一切都没有错，但一切都需要继续下去，直到一个确定的点。尼格尔在每一种情况下都准确地看出了那个点。

他在远处的一棵非常美丽的树下坐了下来。与那棵大树相比，这棵树略有不同，却非常独特，或者需要更多的关注。于是他开始考虑从哪里开始，在哪里结束，以及需要多少时间。只是他无法做出计划。

"当然！"他说，"我需要的是帕里什。有很多关于土地、植物和树木的事情，他知道，而我不知道。这个地方不能像我的私人公园。我需要帮助和建议。我必须早点儿得到他的帮助。"

他站起来，走到他决定开始作画的地方，脱下了外套。接着，在下面一个隐蔽的小山谷里，他看见有个人正在相当茫然地环顾四周，他倚在一把铁锹上，但显然不知道该做什么。尼格尔向他打招呼。"帕里什！"他叫道。

帕里什扛起铁锹向他走来。他仍然有点儿跛行。他们没有说话，只是像往常在巷子里擦身而过时那样点点头，但现在他们手挽着手一起走着。尼格尔和帕里什没有商量，却已经一致选好了小房子和花园该放置在哪里，而这两个地方似乎是必不可少的。

他们一起工作，很明显尼格尔更为擅长安排时间和完成任务。奇怪的是，尼格尔对建筑和园艺最感兴趣，而帕里什却经常四处闲逛去看树，尤其是那棵大树。

有一天，尼格尔正在忙着种树篱，帕里什则躺在附近的草地上，聚精会神地看着一朵小黄花，那朵花长在绿色的草坪上，形状美观，很是漂亮。很久以前，尼格尔在他的那棵树的树根之间画了很多这样的花。突然，帕里什抬起头来，他的脸在阳光下闪闪发光，面带微笑。

"太美了！"他说，"我其实是来不了这儿的。谢谢你替我说了好话。"

"没有的事。"尼格尔道，"我都不记得自己说过什么了，但无论如何，这远远不够。"

"是的，就是你为我说了好话。"帕里什说，"就这样，我才能这么快脱身出来。你知道的，就是第二个声音，是他把我送到这里来。他说你要见我。我欠你一个人情。"

"不。你应该感谢第二个声音。"尼格尔说，"我们都该感谢他。"

他们继续在一起生活和工作。我并不清楚这样的时间过了多久。不可否认的是，起初他们偶尔会有分歧，尤其是累了的时候。一开始，他们有时会感到疲倦。他们发现两人都得到了汤力水。瓶子上有着相同的标签：在休息之前，就着泉水服用几滴。

他们在森林的中心找到了泉水。很久以前，尼格尔只想象过一次要画山泉，却从来没有付诸行动。现在他注意到远处闪烁着微光的湖水就是源自那条山泉，而这片乡野里的一切植物都是这片湖滋养的。就着湖水喝汤力水，感觉水有点儿涩，非常苦，但很提神。喝完后，他们分开休息，然后他们又站起来，愉快地工作。在这种时候，尼格尔就会想出一些奇妙的新花卉和植物，而帕里什总是确切地知道如何栽种，以及栽种在什么地方最合适。汤力水还剩下很多，但他们不再需要补充了。帕里什的跛脚也好了。

随着工作接近尾声，他们给自己留出了越来越多的时间四处走走，欣赏树木、鲜花、光影和形状，再看看地势地形。有时他们一起唱歌。但尼格尔发现自己越来越频繁地把目光转向群山。

最后，山谷里的房子、花园、草地、树林、湖泊和整个乡村都差不多完成了。大树上开满了花。

"今晚就能完工了。"一天，帕里什说，"那之后，我们就来一场真正的徒步旅行吧。"

第二天他们就出发了，他们走了很远，一路走到了边缘。当然，边缘并不明显。没有界限，没有篱笆，也没有墙。但是他们知道自己已经到了这片乡野的边缘。他们看到一个人，那人看起来像个牧羊人，正沿着通向山里的草坡朝他们走来。

"两位需要向导吗？"他问，"是不是要继续走？"

有那么一刻，尼格尔和帕里什之间出现了一道阴影，尼格尔知道自己现在确实想继续前进，而且（从某种意义上说）也应该继续前进。可帕里什不想走了，也还没有准备好继续走。

"我必须等我的妻子,"帕里什对尼格尔说,"不然她会很孤独的。我猜想,等她准备好了,我也为她准备好了,他们总有一天会送她来找我的。房子已经完工了,我们为了它尽了全力。但我想让她看看那所房子。我想她会把房子装饰得更好,更像一个家。我希望她也会喜欢这片乡野。"他转向牧羊人,"你是向导吗?"他问,"能不能告诉我这片乡村叫什么名字?"

"你不知道吗?"那人说,"这里是尼格尔的乡村。是尼格尔的画,或者说大部分都是他画的,现在有一小部分也是帕里什的花园了。"

"尼格尔的画!"帕里什惊讶地说,"这些都是你设想出来的吗,尼格尔?我从来不知道你这么聪明。你为什么不告诉我?"

"他很久以前就试着告诉过你的。"那人说,"但你不肯看。那时候他只有画布和颜料,你却想用这些东西来修补屋顶。你和你妻子过去常说尼格尔净摆弄些没用的东西,还说他乱涂乱画,你们就是这么说的。"

"但当时看起来不是这样的,真不是这样的。"帕里什说。

"不,那只是你初步的感受而已。"那人说,"不过,要是你觉得他的画值得一看,那么即使瞥一眼也能看出很多。"

"我也没有给你多少机会。"尼格尔说,"我从未尝试向你解释。我以前总叫你'挖土的老东西'。但这又有什么关系呢?我们现在一起生活,一起工作。事情可能会有所不同,但已经好得不能再好了。尽管如此,恐怕我还是得走了。我想我们还会再见面的,我们一定还有很多事情可以一起做。再见了!"他热情地握着帕里什的手,那只手看起来是那么善良、坚定、诚实。他转过身，回头看了一会儿。大树上的花像火焰一样闪闪发光。所有的鸟都在空中歌唱着。他微笑着向帕里什点了点头，便跟着牧羊人走了。

他要去了解羊，了解高地牧场，再去看看更广阔的天空，继续深入群山，并且一直向山上移动。除此之外，我猜不出他后来怎么样了。就连住在老家的小尼格尔也能望见远处的群山，而那些山一直延伸到了他的画的边缘。但是，群山究竟是什么样子，山后面是什么，只有爬到山上的人才能说出。

"我认为他是个愚蠢的小个子。"汤普金斯议员说，"毫无价值，事实上对社会毫无用处。"

"啊，我不知道。"阿特金斯说，他不是什么重要人物，只是个教师，"我可不这么肯定。这要看你说的用处是什么了。"

"没有实际用途，也创造不了什么经济价值。"汤普金斯说，"我敢说，如果你们教师懂得分内之事的话，他倒是可以成为一个有用的小齿轮。可惜你们对自己的行当一窍不通，所以才会有像他这样没用的人。要是我来管理这个国家，我就会让他和他那类人做一些适合他们的工作，比如在公共厨房洗洗碗，我还会保证让他们做好这件工作。不然的话，我就把他们关起来，我早就该把他关起来了。"

"把他关起来？你是说让他提前踏上旅程？"

"是的，如果你一定要用那个老掉牙又毫无意义的字眼的话。把他送过隧道，丢进大垃圾堆里去，我就是这个意思。"

"那么你认为绘画毫无价值，不值得保存，不值得改进，甚至不值得利用？"

"绘画自然是有用处的。"汤普金斯说,"但他的画,你就利用不起来。对于不怕新思想和新方法的大胆年轻人来说,发展空间确实很大。这些老式的东西就不成了。那不过是个人私下里所做的白日梦而已。他连设计出一张生动的海报挽救自己的生命都做不到,整天就知道画那些叶子啊、花朵啊。有一次,我问他为什么。他居然说他觉得它们很漂亮!你能相信吗?他说漂亮!'什么,你说植物的消化器官和生殖器官漂亮?'我这么问他。他无话可说。真是个呆瓜。"

"呆瓜。"阿特金斯叹息道,"是的,可怜的小个子,他从来没有做成过什么事。好吧,自从他走了以后,他的画布倒是有了'更好的用途'。但我不确定,汤普金斯。你还记得那块大画布吗,在大风和洪水过后,他们用来修补他隔壁受损房屋的那块?我找到了撕裂下来的一角,就丢在田野里了。画布损坏了,但仍清晰可辨,可以看到一座山峰和一团团树叶。我无法把它从我的脑海中抹去。"

"什么?"汤普金斯说。

"你们俩在说谁?"珀金斯插嘴说,希望能平息这场争论。阿特金斯的脸都涨得通红了。

"那个名字不值得重复。"汤普金斯说,"我不知道我们为什么要谈论他。他不住在城里。"

"确实不住。"阿特金斯说,"但你还是盯着他的房子。这就是为什么你过去常去拜访他,一边喝他家的茶一边嘲笑他。好啊,现在你把他的房子弄到手了,城里的那栋也是你的了,所以你不必怨恨他的名字了。珀金斯,如果你想知道的话,我们在谈论尼格尔。"

"可怜的小个子尼格尔!"珀金斯说,"我从来不知道他会画画。"

那可能是尼格尔的名字最后一次出现在谈话中。然而,阿特金斯一直保存着那块古怪的画布残角。残角的大部分都碎了,但有一片美丽的叶子完好无损。阿特金斯把它裱了起来。后来,他把这幅画留给了镇博物馆。在很长一段时间里,《尼格尔的树叶》一直被挂在博物馆的一个壁龛里,很少有人留意。后来博物馆在大火中付之一炬,尼格尔的树叶在他的家乡便彻底被人遗忘了。

"事实证明这个做法确实很有效。"第二个声音说,"就算是休假了,也能让人焕发精神。它对康复有奇效。不仅如此,对许多人来说,这是最好的山地介绍。在某些情况下,它会产生奇迹。我送去那里的人越来越多。他们很少回来。"

"确实是这样。"第一个声音说,"我想我们应该给这个地区起个名字。你有什么建议?"

"搬运工很久以前就有了不错的提议。"第二个声音道,"'火车开往山间平地,那里是尼格尔和帕里什区。'他已经喊了很长一段时间了。尼格尔和帕里什区。我给他们俩都捎了个口信,和他们说了这件事。"

"那他们是怎么说的?"

"他们俩都笑了。笑声在山间回荡!"

(全书完)

尼格尔的树叶：托尔金奇幻故事集

作者 _ [英] J.R.R. 托尔金　　译者 _ 刘勇军

产品经理 _ 周娇　　装帧设计 _ broussaille 私制　　产品总监 _ 李佳婕
技术编辑 _ 顾逸飞　　责任印制 _ 梁拥军　　出品人 _ 许文婷

营销团队 _ 王维思 谢蕴琦　　物料设计 _ 孙莹

鸣谢

谭清青

果麦
www.guomai.cn

以 微 小 的 力 量 推 动 文 明

图书在版编目（CIP）数据

尼格尔的树叶：托尔金奇幻故事集 /（英）J.R.R.
托尔金著；刘勇军译. -- 成都：四川文艺出版社，
2025.2. -- ISBN 978-7-5411-7120-8
Ⅰ.I561.45
中国国家版本馆CIP数据核字第2025U163V3号

NIGEER DE SHUYE: TUOERJIN QIHUAN GUSHI JI

尼格尔的树叶：托尔金奇幻故事集

J.R.R.托尔金 著　刘勇军 译

出 品 人	冯　静
产品经理	周　娇
责任编辑	梁祖云
封面设计	@broussaille私制
责任校对	段　敏
出版发行	四川文艺出版社（成都市锦江区三色路238号）
网　　址	www.scwys.com
电　　话	021-64386496（发行部）　028-86361781（编辑部）
印　　刷	河北鹏润印刷有限公司
成品尺寸	140mm×200mm
开　　本	32开
印　　张	9
字　　数	194千
印　　数	1—6,000
版　　次	2025年2月第一版
印　　次	2025年2月第一次印刷
书　　号	ISBN 978-7-5411-7120-8
定　　价	69.80元

版权所有　侵权必究。如发现印装质量问题影响阅读，请联系021-64386496调换。